JN001143

京都駿台東山南寮の物語

夢の旅路

村澤武彦

夢の旅路

京都駿台東山南寮の物語

夢の旅路　京都駿台東山南寮の物語　もくじ

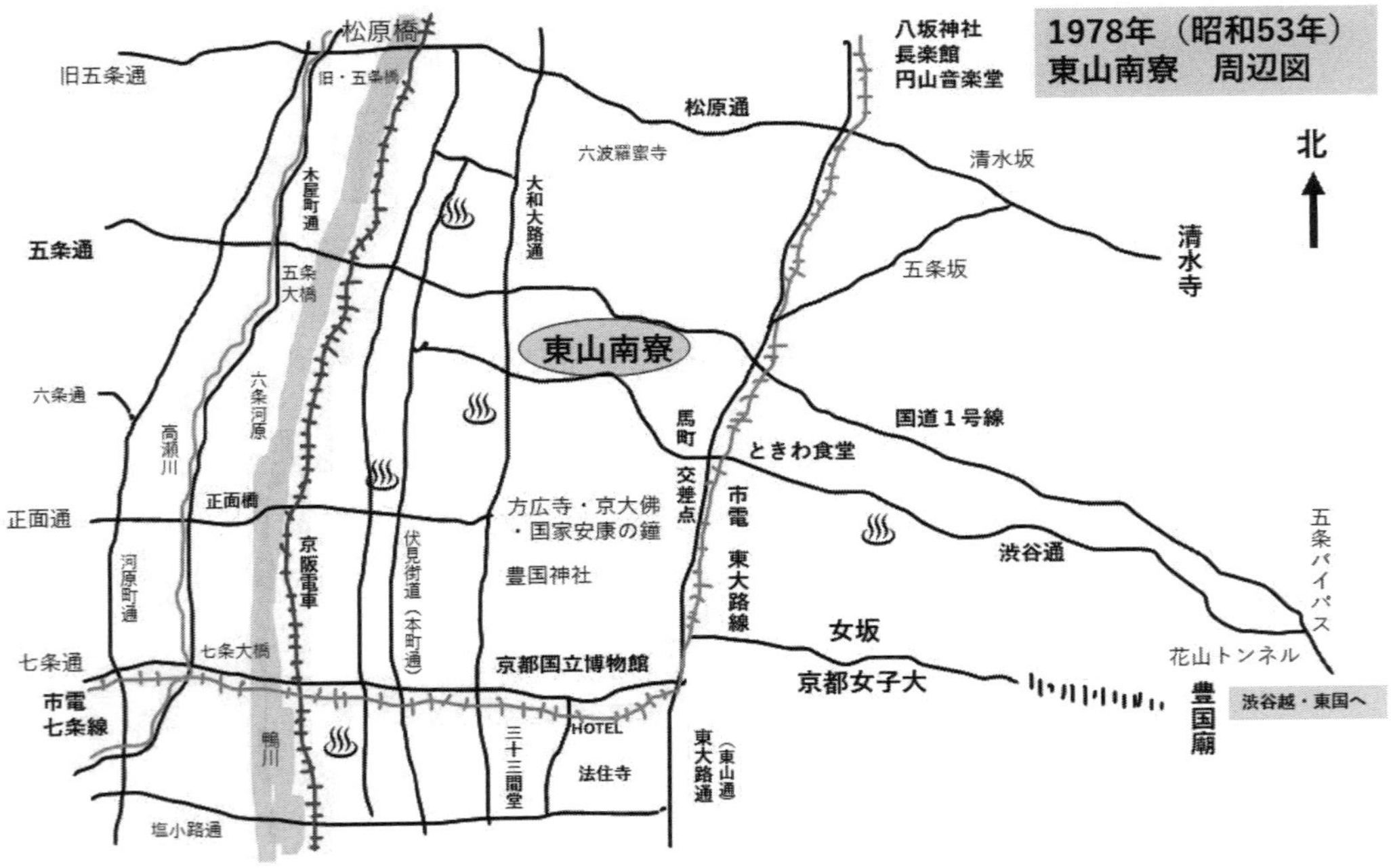
1978年（昭和53年）
東山南寮　周辺図
北
八坂神社
長楽館
円山音楽堂
清水坂
清水寺
五条坂
松原通
松原橋
旧五条通
旧・五条橋
木屋町通
六波羅蜜寺
大和大路通
五条通
五条大橋
東山南寮
六条通
高瀬川
六条河原
馬町
ときわ食堂
国道１号線
交差点
市電
東大路線
正面通
正面橋
方広寺・京大佛
・国家安康の鐘
豊国神社
渋谷通
京阪電車
伏見街道（本町通）
河原町通
女坂
京都女子大
五条バイパス
花山トンネル
七条通
七条大橋
京都国立博物館
豊国廟
渋谷越・東国へ
市電
七条線
鴨川
三十三間堂
HOTEL
法住寺
東大路通
（東山通）
塩小路通

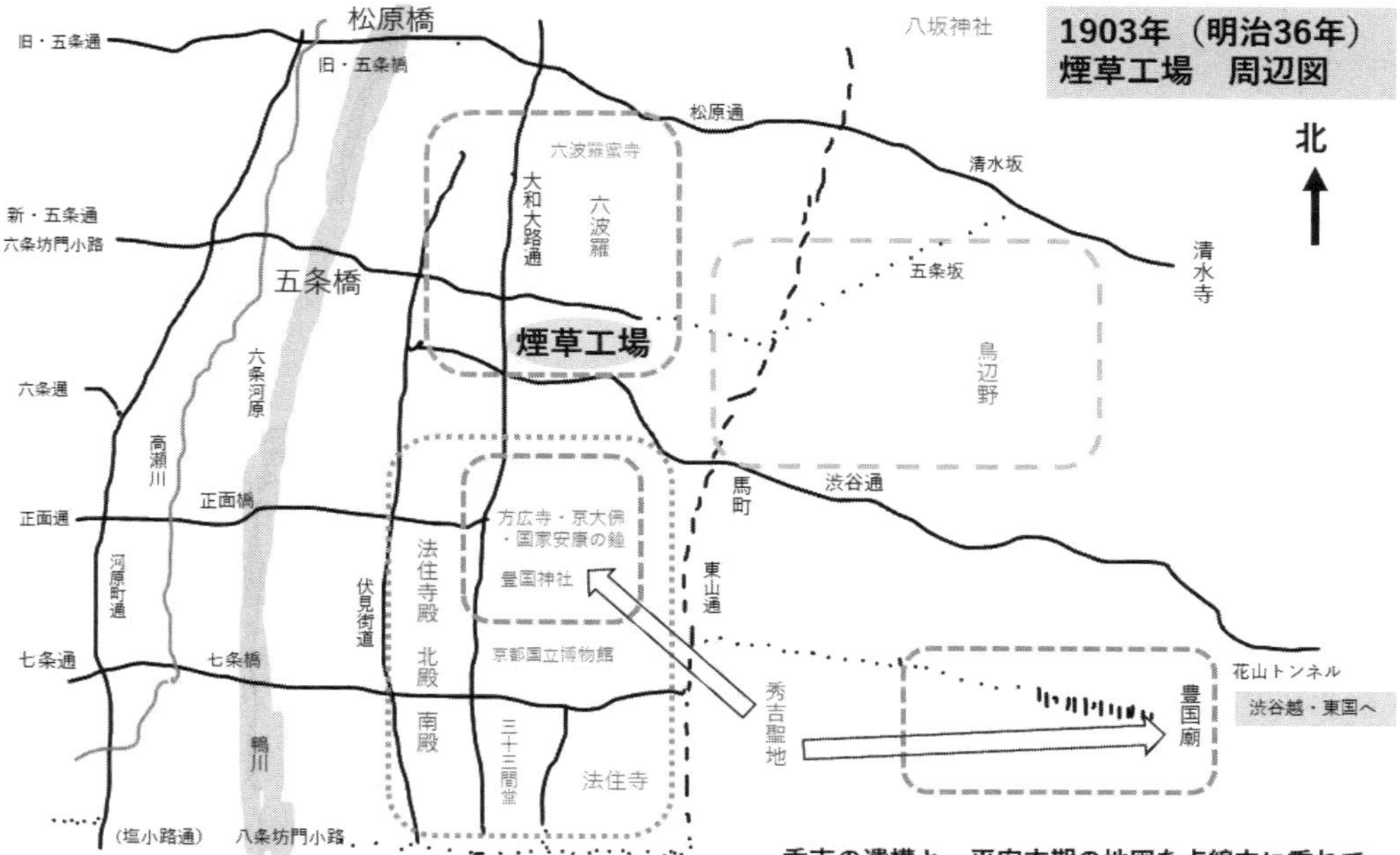

秀吉の遺構と、平安末期の地図を点線内に重ねて

《主な登場人物》

望月吉兵衛　　明治のタバコ王、寮建物の最初の所有者

武者小路直哉　　東山南寮　建物オーナー、京洛テーラー社長

　　　　実　　直哉の祖父　西陣の呉服商、望月吉兵衛の親友

　　　　篤　　直哉の父　建物前オーナー、京洛テーラー前社長

カマキリ山崎　　東山南寮　寮長　京都大学農学部三年生　北海道出身

天地マリ　　京都駿台予備校　国立医学部クラス担任　奈良県出身

澤田ケンジ　　東山南寮　三階　医系一浪生　福岡県出身

和田キヨト　　東山南寮　二階　医系一浪生　和歌山県出身

玉川マコト　　東山南寮　二階　理系二浪生　兵庫県出身

末広トオル　　東山南寮　三階　文系一浪生　大阪府出身

片山タカシ　　東山南寮　三階　理系二浪生　愛媛県出身

若槻ヤスシ　　東山南寮　三階　医系二浪生　徳島県出身

加賀一郎　　東山南寮　三階　医系三浪生　石川県出身

松本恵子　　京都駿台予備校　医系一浪生　京都府出身

片倉道代　　京都女子大大学院国文科二年　石川県出身

志井達也　　京都大学　哲学科　二年生　澤田の先輩

序　章　満月の夢

明治三十六年　早春

昼下がりの京都東山馬町の青い空に、天に踊り昇る巨大な龍のごとき黒煙がモクモクと舞い上がっている。静かな川面に墨が垂れ、渦を巻き、広がるように、今しがたまで明るかった空を、焼け焦げた匂いとともに不吉な煙幕が覆い隠す。大きな煉瓦のかたまりが地面に次々と激しく叩きつけられるたびに、辺りをズンと震わすような崩壊の轟音が飛び散った。

普段は静かな墨色の甍《いらか》が広がる辺り一帯には、ひと際大きな火事を知らせる半鐘が、先ほどからいくつもいくつも鳴り響き続けている。

時ならぬ騒動に驚き東山の峰々から舞い上がった幾羽もの鳶や烏がせわしなく羽音を立てて頭上を舞い回り、あわてふためく街の人々を見下ろしている。

長く騒々しい夜が明けて、ようやく火も収まった。時折嵐のように吹いた冷たい風も嘘のように穏やかとなった。東山の峰から昇ってきた明るい春の朝日を受けながら、灰白色の薄い煙がゆっくりと立ちのぼっている。

小さな不審火が早春の南風に煽られ、冷たく輝く満月が星々溢れる天空に大きな弧を描いた一夜のうちに、堅牢な煉瓦のまだ新しき建物を燃やしつくし、原形を留めぬくらいに崩れさせていた。業火に倒れずわずかに残されたのは、黒焦げになった工場東端の大きな煉瓦の壁面だけだった。

耳を疑う恐ろしい知らせに駆けつけて夜通し工場のかたわらで惨状を見守った創業者の男は、無残にも焼け落ちた煉瓦のかたまりのいくつかを拾い、煤けたたくましい手のひらに載せてじっとその大きな両の眼で眺め続けた。それは男の夢の城のかけらだったが、そこで夢をあきらめるような望月吉兵衛ではなかった。

西欧列強との熾烈な競争が日々様々に繰り広げられる中、迫りくる露西亜との戦いの機運が多くの商売の浮沈を左右するほどに重苦しい時代だった。が、幸い我が国内にも海外の世界の広さにいささかもひるまず、姿形や言葉を異にする欧米との協調で新進の産業を興し伸ばそうと大志を抱く情熱的な明治人が幾人もいた。望月吉兵衛もそんな男のひとりだった。

三十九歳になった吉兵衛は、加賀藩金沢にルーツをもつ京都のタバコ商の家で江戸末期に生を受けた。生来の努力家で、青年になっては未知なる世界へ眼を向けることを少しも苦にしなかった。十年ほど前に視察と業務交渉のため米国に渡り、新しい米国式シガレット技術を取り入れ、斬新なデザインの広告手法を得意とする国内屈指のタバコ会社を兄とともに設立していた。

パリ万博が開催された明治三十三年には、京都東山馬町の東西に走る広い渋谷通に面して、望月兄弟商会の勢いを表すかのような巨大でモダンな赤煉瓦づくりのタバコ工場が建設された。

ここはその昔、後白河法皇や豊臣秀吉にも深く愛された由緒ある土地の一部で、たくましき明治人の吉兵衛にとっては願ってもない約束の地でもあった。が、その工場は創建より三年を待たず、残念ながら一夜の火災でもろくも崩れ落ちた。

「思いを込めた工場が突然焼け落ち、ずいぶんと大変だったでしょう」

萌木色の正絹羽織を身にまとった細面の中年男が歩み寄り、たたずむ洋装の男にやわらかに話しかけた。

「あぁ、お久しぶりです。来てくださったんですね」

祇園祭が近く、夏の到来を思わせる日和だった。

「米国式シガレットの時代は、まだ始まったばかりです。実さん、この新しい建物を見てください。我々は作り続けますよ」

濃い紺色の背広に黒く磨かれた革靴を履いた中背で胸板がたくましい丸顔の吉兵衛が、建ち上がりつつある工場を一緒に眺めている和装の男に向け笑みを浮かべた。

「今度は南禅寺や知恩院の山門のように、街のどこからもよく見えるような立派な赤煉瓦の工場を再建してみせますよ」

吉兵衛が自信たっぷりに語りかけた相手は彼より少し年上で、武者小路実という名の西陣で代々呉服商を営む親しい友人だった。

「京都を勇気づける頼もしいお話ですなぁ」

足元では武者小路が遅く授かった息子の篤が、眼を輝かす吉兵衛の顔を見上げている。緑と橙色の帽子、桑色のズボンと濃紺の上着は、吉兵衛から尋常小学校へ今年あがった篤への入学祝いだった。

「篤君は賢そうで、これからが楽しみですね。私も息子をひとりくらいはほしかったのですが……」

望んでも息子を授からなかった吉兵衛は、篤が遊びにくると、いつも自分の子のようにかわいがった。

「大きくなったら何になりたいかい。呉服商かい」

「望月叔父さんが着ているような洋服の仕立て屋になりたいな」

小さな男の子は元気に答える。

「なぜだい。実さんが困った顔をしているぞ」

「だって叔父さんはカッコいいし」

臆することなく答えた篤の頭を父親の実が優しくなでた。

吉兵衛はにこやかに振り返り、眼の前の大きな建物を見つめたまま、親子に胸を張って思い描く夢の一つを語って聞かせた。

「私は幼いころから商いのイロハを教えてもらいながら育ちました。厳しくも充実した日々でしたが、無理をして二十歳前に身体を壊しました。足踏みをしたつらい数年間でしたが、大切な季節でもありました。多くの方に助けられ、学問の大切さも知りました。当時のことは今も決して忘れません」

吉兵衛の顔は不思議と明るく、眼は輝いていた。

「夢に終わるかもしれませんが、幸運にも身に余るほどの富を得れば、必ず若者を応援する何かに使いたいと思っております」

「すばらしいお考えですねぇ。私はあなたの夢を、陰ながら応援させてもらいます。何しろ事業よりも夜の祇園のほうが好みで、甲斐性がありませんからなぁ」

二人は建ち上がりつつある巨大な煉瓦の建物を、眼を細めて眺めている。黒い甍の町家の中にそびえる鮮やかな赤煉瓦の色が、初夏の陽光を浴びていっそう紅く輝いている。

「実さん……。建物のある壁に、未来の若者たちへの私からの思いを埋め込み忍ばせたのですよ」

「ほ〜っ、それは何ですかな」

「応援や支えを必要とする未来人。篤君や、その次の世代、そして百年後の若者たちへ向けた私の誓いのような言葉です」

「明治の次の世代の男たちを支援しようとされるのですね」

「男だけとは限りません。これからは、必ずや女子も等しく活躍できる世の中になっていてほしいのです。米国や西洋ではすでにそのような気運が芽生えており、日本でもそういう時代が訪れることを願うようになりました。私の娘や孫娘たちにも限りない世界が開けてほしいと思います」

「日本は依然として男優先の社会ですが、あなたのような方が強く願い支援し続けられれば、世の中は移り変わっていくのでしょうね」

　吉兵衛は無邪気に振舞う篤の姿を見ながら大きくうなずいた。

「米国に渡られてからずっと胸に温められてきたお考えなのでしょう。ところで、何をどう壁に忍ばせたのですか」

「知己の名陶工である東峰六兵衛さんに、私の誓いを綴った一枚の陶板を先ごろお願いして焼いてもらいました。そしていくつかの文字を、ひそかにある左官に頼んで煉瓦に細工してもらいます」

「そうでしたかぁ。で、どのような言葉を……」

「ずっと誰の眼にも触れないかもしれませんが、くわしいことは、親しい実さんにも秘密にしておきます」

　二人は顔を見合って笑っていた。

「それにしても、若さとは実にいいものですねぇ。私もできることなら、今一度あんな日々をすごしてみたいと思います」

「未来の夢へ悩み迷う時間というのは、若者だけに与えられた特権です。かつて米国へ行った時、世界は驚くほど広く、想像を超えて多様性に富んでいると思い知らされました」

「確かに。なかなか若い時には気づきにくいことですけどねぇ」

「できることなら、私は悩める若者たちを荒野に浮かぶ満月のように照らして導いてあげたい。あの火事の晩に、南天に光る満月を見上げながら、そう心に決めました。そのためにも私がまず事業に成功しなければならないと思っています。あっという間に四十の中年になってしまった男の不遜な願いかもしれませんが……」

「きっと願いはかないますよ。男子だけでなく、熱意ある大勢の女子にも明るい世界が開けるとよいですなぁ」


　それから三カ月もしないうちに、吉兵衛の新たな「夢の城」が東山馬町に完成した。彼の他には誰もメッセージのつまった煉瓦の在り処を知る者はいなかった。きつく吉兵衛に口止めされたひとりの腕利きの左官をのぞいては……。

　だが、富国強兵を目指す明治政府は、横取りするかのようにひそかにタバコ産業の専売公社化をもくろんでおり、この夢の城は、もうじき巨額な政府からの協力金と引き換えに、今は何も知らぬ吉兵衛の手から引き離されようとしていたのだった。

第一章　落第の嵐

昭和五十三年　三月

国鉄の西鹿児島駅から鹿児島本線の特急有明で福岡県柳川市の自宅に帰宅するまでの四時間半が、十八歳の澤田ケンジにとって何と長く苦しかったことか。早く鹿児島を離れたいという気持ちと、今日は福岡に戻りたくないという気持ちのはざまで、足取りは非常に重く、大きな挫折に直面した彼の気持ちは揺れ動いていた。

　鹿児島県や熊本県の海岸線から風光明媚なはずの不知火海を眺めても、澤田のうつろな眼には何の景色も映らない。三月下旬の南九州の明るく輝く海も、その向こうに点在する緑豊かな天草の島々も、今日の彼には何の感動ももたらさなかった。ただただ時間の経過が遅く感じられ、列車に揺られる澤田は孤独で苦しいばかりだった。

「ねぇあなた、どうしたの。気分でも悪いのかい」

　斜め向かいの席に座る女性が声をかけてきた。

「もしかして受験生かい。うまく行かなかったのかい」

　黙って何も答えない澤田に、女性は優しく言葉を重ねてくる。たちまち澤田の眼に涙が浮かんできて、思わず車窓へと顔を背けた。ガラス窓に映る女性の表情は母親のように優しそうで、ゆっくりと澤田はその女性に顔を向け、黙って小さくうなずいた。少し涙が彼の膝の上にこぼれた。

「おばさんにも息子がいるのよ。去年の今ごろは大学受験に失敗したから、あなたの表情を見てわかったのよ。つらいだろうねぇ」

　この人には素直に話せるかもしれないと、ようやく澤田は重い口を開いた。

「鹿児島大の合格発表の帰りです。浪人が決まりました。期待して待っている両親を思うと……」

「心配しなくていいわよ。親は子どもにガッカリなんて決してしないから。きっと優しく迎えてくれるし、また明日からがんばればいいじゃないの」

「これを食べたら」と、女性はみやげの包みを開いて饅頭を一つ澤田に手渡した。

「息子さん、今年の受験はどうだったのですか」

「おかげさまでね、京都大学に合格してくれたよ。浪人するなら志望校の近くがいいって、わざわざ京都で浪人生活をしてたのよ。遠くだから心配だったけど、息子の気持ちを尊重してやろうと主人と話してね。息子を信じて正解だったわ。一年なんてあっという間よ」

「京都大学ですか、よかったですね」

澤田は軽羹《かるかん》饅頭をありがたく頬ばりながらそう言った。

「もう一つ食べるかい。何学部を受けたの」

「医学部です。一期校は熊本で、二期校が鹿児島でした。この饅頭はおいしいですね」

「難しい医学部を受けたのね。お医者さんになりたいの、それとも難しいから医学部に行きたいの」

最近の医学部受験は非常に過熱していた。単に成績上位というだけで、周囲がすすめるままに医学部を受験する者も少なくなかった。

「両方ですかねぇ。確かに成績がいいと医学部に進むのが当然な雰囲気が最近はありますからね」

「そうらしいわね。息子は文系なんだけど、学生時代は京都の街で暮らしたいから京大に行くんだって。若い人にはいろんな理由があっておもしろいわね」

澤田には医学部に進みたい誰にも言えない別の理由があった。

小さいころから自身や家族が病気がちでとか、親が医師で当然に育ったとか、医師の仕事や研究に憧れてとかを志望理由にする者は多い。最近では成績優秀者が目指すからとか、生活や経済的に恵まれそうだとか、様々な理由が受験生の口から語られるのだが、澤田の一番の理由はそのどれでもなかった。そして、見ず知らずの女性に打ち明けられるような理由でもなかった。

夕方家に戻ると、母親が笑顔で澤田の帰りを待っていた。

「まぁいいじゃない。一浪なんて人並みだし、一年なんてあっという間だから。夕食できてるから、先に食べましょう。話は後々」

何も言わなくても、母親は澤田が鹿児島から電話してこないので結果はわかっていたようだ。一度泣いて顔を洗ったのだろうか、母親はいつもの薄化粧ではなく素顔で、暗い表情の彼を優しく迎えてくれた。父親は今日も仕事で留守だったが、家にいなくて澤田はほっとしていた。

「残念だけどしかたないわね。それでどこで浪人するの。お友だちは高校の補習科が多いんでしょ」

澤田の高校には「補習科」という名の四年生のクラスがあり、現役受験に失敗すると、九割ほどが当然のように補習科で浪人生活を送っていた。気心の知れた同じ高校の先生たちが浪人生の性格や弱点を把握して親身になって教えてくれる。勉強の面では明らかに利点が多く、翌年の合格率も別の予備校に行くよりも高かった。

「汽車の中でも考えてたけど、補習科じゃなくて、できれば駿台予備校に行こうかなぁと思ってる」

「なぜなの。環境を変えてやり直したいのかい。確かに駿台は今一番の人気予備校だろうけど、東京での生活は大変じゃないの。あなたには、きっと東京での浪人生活は似合わない気がするけど」

「う〜ん、東京がどんな感じかよくは知らないけど。でも、新しい環境ですごしてみたい。高校四年生じゃ、何となく嫌なんだ」

澤田の生まれ育った柳川は福岡県南部の田園地帯で、北原白秋の生誕の地だ。澤田は白秋が明治四十四年に著した叙情小曲集『思ひ出』を愛読する根っからの柳川人だった。若くして上京した白秋に憧れこそすれ、自分でも東京の生活は少し心配だった。

彼が東京の予備校を考えた本当の理由は別にあったが、母親にも恥ずかしくて素直に言えなかった。

「あなたがよく考えて決めなさい。決めたことに私もお父さんも反対はしないから。ただ、二浪するのはどうかと思うわ。必ず悔いのない一年間にしなさい」

「うん。とにかく明後日、東京に二泊三日で行ってくる。駿台はクラス分けの試験があるらしいから」


柳川から国鉄で博多駅に出て、そこから東京駅まで新幹線ひかり号で七時間弱。確かに短い時間ではないが、京都から先は初めて見る景色だったので、澤田はほとんど退屈しなかった。

東京に着いた翌朝に駿台予備校のクラス分け試験があり、結果は昼すぎに発表された。

あろうことか、澤田は予備校の試験にも落第してしまった。第一志望の理系トップクラスには拒絶され、何とか次のクラスに入校が許された。立て続けに大学二校と予備校にまで落とされ、強烈な傷心のまま板橋区にある指定寮の見学に行くことになった。

教えられた電車で何とか指定寮にはたどり着いたが、満員電車の窓から見える隙間のない家々も、寮のまわりの建て込んだ風景も、雑踏を足早に歩く人の多さも、コンクリートの薄汚れた寮の建物も、それらすべてが田舎育ちの澤田には苦痛でしかなかった。

眼の前に建つ指定寮で暮らし、満員電車に乗って予備校の第二志望クラスに一年間通う自分の姿を想像すると、澤田は早くも強烈な後悔の念を覚え始めていた。

言いようのない息苦しさを感じながら、再び満員電車に揺られて予備校に戻った。澤田は正直に事情を話し、七年前にできたという京都校への変更をお願いした。この春に新校舎が完成したばかり、東京以外では唯一京都校があるだけだ。新年度も迫っていて、他に選択の余地はすでになかった。

京都校の指定寮を見学に行く時間的余裕はなく、東京校でリストを見せてもらいながらすぐに決める必要があった。京都は修学旅行で一度行ったことがあるだけで、土地勘もまったくない澤田だった。男子寮は全部で四カ所あり、西加茂寮、百万遍寮、堀川寮、東山南寮。女子寮は室町寮と西陣寮という名らしいが、そんな観光地みたいな名前を聞いても澤田に違いがわかるはずもなかった。

「どんな違いがあるのでしょうか」

澤田は思い切って担当の女性に聞いてみた。

「そうですね。どこも規模は同じくらいで、日曜日以外は食事も出ます。どこがおいしいかは知りませんけどね。距離的には、堀川寮が一番近くて、東山南寮が一番遠いですね。もし個室が希望なら東山南寮だけみたいですね」

「一番評判がいいのはどの寮ですか」

「さぁ、京都の寮を東京で選ぶ人は少ないので、私たちもよくわからないんです。ただ、東山南寮の個室は部屋代がダントツに高いので、一番遠くても一番よいのかもしれませんね。ホントは実際に見学するのがいいんでしょうけど、今日中に決めないとおそらく全部すぐに埋まってしまいます」

「寮の写真とかはないんですか」

「外観写真ならあります。どこも似たり寄ったりですね。あらっ、東山南寮だけは煉瓦造りで他とはまったく雰囲気が違いますね。いかにも京都らしくて、すてきですねぇ」

「そこは個室もあって、一番値段が高いんですよね。まだ空きがあるか聞いてもらえますか」

　奥の部屋に電話で問い合わせに行った女性が戻ってきた。

「どの寮も現時点では空きがあるようですが、東山南寮だけは個室が一つと四人部屋に二人分しか空きがなくて、どうやら一番人気があるみたいですね。もっとも高いのに不思議ですね。どうしますか」

「だったら、その個室をお願いします。せっかくなら一番いい部屋で浪人生活がしたいですから」

「そうですよね。わかりました。きっと外観同様にすてきなお部屋ですよ。ぜひ来年こそは第一志望に合格してくださいね」

　この先一年を暮らす澤田の部屋は、見学もせずにそうして決まった。予備校の第一志望にまで落ちてしまったが、もっともいい寮の個室をギリギリで選べたのはせめてもの救いだった。京都でどんな予備校生活が待っているのだろうか。澤田は早くも来年の合格を思い描いていた。

　再び七時間かけ、澤田は翌朝の新幹線で福岡へ帰った。途中、京都駅に到着する前に速度が落ちるころ、トンネルを抜けると穏やかな鴨川が橋の上から左右の窓の外に見えた。右手の遠くに山々が、少しうしろを振り返ると美しく連なる山並みが見える。四月から暮らし始める東山南寮はどの辺りだろうか。濃灰や黒色の甍の波のどこかに煉瓦色の寮がひそんで澤田を待ってくれているのだろう。

　京都校を選んだことを母親は好ましく感じたようだった。

「東京で暮らすのは疲れるでしょう」

「板橋の寮を見に行ったけど、あの雰囲気は僕には無理だった」

「京都の寮は見てこなかったの。途中で降りたらよかったのに」

「別に見なくてもいいよ。四つある寮の中で個室がある寮は他にないし。最後のひと部屋だったから」

「部屋代がすごく高いのね。どんな点がそんなにいいのかしら」

「部屋の写真は見てないけど、京都校ではダントツに高いから、きっといい部屋に違いないよ。四月三日から授業が始まるから、週末の土曜日には京都に行くよ」

「二期校の発表からまだ数日だから、あわただしい春休みね。でも他の友だちは大学生になる準備でもっと忙しいかもね」

　澤田は大学に進学する友だちのことにはあまり触れたくなかった。補習科での浪人生活をしないと決めて以降、駿台生になるように頭を切り替えてしまっている。

　心残りは愛犬のことだった。十歳になる黒毛のトイ・プードル。数日と離れたことはなく、同じ部屋で寝起きする相棒だった。

「タローと離れるのが一番つらい」

新幹線なら四時間とはいえ、タローの癒し効果の喪失感が勉強にどれほどの悪影響を及ぼすかは、初めて実家を離れる澤田にとって大きな不安材料だった。

「犬のことを考えているようじゃ来年も落第するわよ。心を鬼にして受験勉強に専念しなきゃ」

「心配しなくても大丈夫だよ。京都の大学には数人しか同級生は進まないし。東京みたいに遊ぶところも多くないだろうし」

澤田が東京に行きたかった大きな理由の一つは、小中学生時代に好きだった岩城淑子が東京女子大に進学すると聞いていたからだったが、そんなことを家族には到底言えなかった。

いわば片思いの関係だったが、文系志望だった澤田が高三で急に医学部を目指したのは、淑子が開業医の娘だからだ。もちろん、そんな志望動機は先生や家族に話せるわけもなく、学校で親友に一度打ち明けただけだ。「立派な志望動機だなぁ」と冷やかされたが、それも男子校の青春だった。

「周囲に流されて遊ばないように自分で気をつけなさい。規律ある高校の寮とは全然違うんだろうし」

「そうね、下手すると堕落しやすいのはわかってる」

「あなたは文系から医学部志望に変わったけど、本当に今でも医学部に行きたいの。なりたいことややりたいことがもし他にあれば、何も医学部にこだわる必要なんかないのよ」

もともと澤田は海外を飛び回る外交官や実業家になりたかった。

「今さら僕の気持ちがグラつくようなことは言わないでよ」

「そうね。でも、国立医学部にこだわらないでいいから。今のうちに言っとくわよ。もう二度と落第したくないだろうしね」

「そりゃそうだよ。笑い話みたいだけど、予備校の試験にまで落ちたし、どっちにしろ東京での浪人生活は僕には無茶だった。きっと京都でよかったと思うよ」

「全部ダメでも、お父さんの会社を継げばいいんだから。学校の成績がよくなくたって、人生って何が幸せかなんてわかんないわよ」

「そうだろうけど、やっぱり来年も医学部を受けるよ」

澤田は自分に言い聞かせるように告げた。

「それはそうと、急いで荷物を送らなきゃね。服はあとでもいいだろうけど、寝具は急がないとね。京都は盆地で寒いというしね」

「冬は寒くて夏は暑いらしいけど、春は普通でいいんじゃないの」

「そうよね。寮の住所は知ってるの」

澤田は東京で受け取った説明書とメモ紙を取り出した。

「え～っと。京都市東山区馬町通東大路西入上新シ町らしいけど、なんて読むんだろうねぇ。送り状にこのまま東山南寮・澤田ケンジ宛って書けばたぶん届くんじゃない。番地も部屋番号もないけど」

「部屋にベッドはあるんでしょ。枕や薄い敷布団と今の季節の掛布団と敷布などを急いで送るから、向こうで何か不足する分は自分で買いなさい」

昭和五十三年四月一日の午後、澤田は京都駅に降り立った。その日は土曜日で、予備校の授業は三日に始まる。新幹線ホームがある八条口から奈良線、東海道本線などいくつもの在来線をまたぐ木製の渡橋を百メートルほど歩いていく。初めて見る１番と書かれた謎の湖西線に乗れば、いったいどこに行けるのだろうか。

澤田の両手の大きな手提げには、衣服や本や勉強道具がいっぱい詰め込まれている。指がちぎれるように重たいが、たとえ予備校でも、新しい生活への希望でつらくはなかった。

駅の北口正面には白い京都タワーがそびえている。じっくり見るのは中学の修学旅行以来だ。澤田は市内電車の乗り場に向かう。古いながらも磨かれた市電だが、あと半年で廃止になるという。京都人ではないものの、澤田は何となくわびしく感じた。

下半分が萌葱色で、上半分はくすんだ肌色の一両の電車。車両番号なのか、前面左側の窓下に白い字で１９２４と書かれ、上に系統を表す６の丸い鉄板が貼られている。

「さっき田舎から出てきました」と澤田の顔に書いてあったのだろう、「前からお金を払って乗って、うしろから降りるのよ」と、初老の女性が親切に教えてくれた。どこまで乗っても九十円だという。

澤田は幸い臙脂《えんじ》色のシートに座ることができた。市電は時折チンチンと鐘を鳴らし、ゴロゴロゴトゴトと硬い車輪の音を響かせながら自動車と並んで駅前の塩小路通をゆっくり走っていく。

七条通の大きな橋を渡る際に見る山や川の何と美しいこと。向かいの山々が東山連峰だろうか。ほどよい高さとほどよい近さが絶妙な景色ではないかと、澤田はうれしくなる。

右手にある三十三間堂の塀の角を越えると、左手に煉瓦造りのすてきな建物が見えて来るが、京都国立博物館だという。そのままゆるい坂を電車はゆっくりと登り切り、直角に左に折れて東大路通を北に向かうと、次は澤田が目指す馬町停留所だった。

重い荷物をまた両手に下げて、澤田は中ほどにあるドアから電車を降りた。そのまま電停にたたずんで周囲をゆっくり見渡してみた。そこは誰もが京都に思い描く華やかさや観光客とは縁のない、生活の匂いが漂う交差点だった。

通りの向こうにある食堂の緑の看板が目に飛び込んで来る。白く大きく「ときわ食堂」と誇らしく描かれている。ガラス窓には「にしんそば」と太字で手書きされたはり紙も見える。

ゆっくりと振り返り、小さなスーパーと生活雑貨を扱う店舗の間の道を澤田は西に向け下っていく。

「これが西入ということなのか」と澤田は妙に納得した。だが、予備校に教わった住所は馬町通なのに、標識には渋谷通と書かれている。車が一台も走っておらず、数人がボチボチと歩く姿を見かけるくらいで澤田は迷ったのか心配になった。

焦げ茶色の渋い感じの二階建て木造建物の軒が連なる通り。どの家も陶器や装飾品や扇など何かしらを表で売っている商店のようだが、観光客相手に商う感じでもない。

荷物を手にもの珍しそうに通りの両側を眺めながら、澤田はゆっくりとさらに通りを下っていく。町家が連なる美しい細い通りが右手に現れ、奥に河井寛次郎記念館と記された小さな標識が見える。

その路地を境に急に通りの幅が二倍に広がった。ゆるい下り坂の先に鼠色の大きな鉄筋コンクリートの建物が見えた。よく見ると、その右手前にいっそう大きな赤煉瓦の建物が見える。

「すごく大きい……」

驚いた澤田は心の中でつぶやいた。

近づいてよく見ると、一階と二階の窓にさびたような鉄格子がはまっている。直径十五センチの鉄の輪っかが壁にいくつもついているが、いったい何なのだろう。何かと興味深い建物だ。

ところが、東山南寮の入り口が探してもなかなか見当たらない。

寮を示す標識や看板も見当たらないが、「京洛テーラー」と書かれた看板の下には入り口があり、屋内には人の姿が見える。澤田は思い切ってそのドアを開け、おずおずと中に入ってみた。

「すみません。この辺に駿台の東山南寮というのがあると思うのですが、どこかごぞんじないですか」

四十代半ばの男性がひとりと、女性が二人、ニコッとほほ笑みながら澤田をいっせいに見つめた。客らしき姿はなさそうだ。

首に白いメジャーをかけた男性は椅子に座ったまま軽く手をあげ、若いほうの女性が立ち上がって澤田の顔を見ながら近づいてきた。

「新しい寮生ね。私が案内するわ。お名前は。どこから来たの」

玄関を出て左に向かう女性に澤田はついて行きながら答える。

「福岡から来た澤田ケンジです」

女性は驚いたかのように立ち止まって澤田の顔を再度見たが、すぐにまた歩きだした。

「あらそう、どう見ても沢田研二って顔じゃないわね」

「ジュリーのことですか。友だちは似てるって言ってくれますけど」

「お友だちは勉強しすぎで、頭か眼を悪くしたんでしょうね。まぁいいわ。でも福岡は遠いわねぇ。福岡にも予備校はあるでしょうに」

「ありますけど、駿台と比べるといまいちで。本当は東京の駿台に行こうとしたんですが、落ち……」

澤田はきわどいところで言葉を飲み込んだ。

　制服姿の女性は左に曲がってせまい路地に入っていく。軽自動車がやっと通ることができる道幅で、左側にはすごく古そうで黒ずんだ色合いの煉瓦の塀が不規則に曲がりながら続いている。

「さっきの男性が、京洛テーラーの社長で寮のオーナーの武者小路直哉さん。女性は奥さまの佐知子さんよ。寮費は毎月初めに直接社長か奥さまに寮生自身が持っていく決まりだから、話をする機会も時々あるわ。お祖父さんは西陣の大きな呉服屋さんで、先代からが洋装店。昔からの京都の人よ」

　煉瓦塀が途切れて、茶色のペンキが不器用に塗られた大きな鉄枠がある場所で立ち止まり、女性は左奥を指差した。

「ここが東山南寮の入り口よ、左の建物ね。右側は短大の女子寮。いちおう注意しとくけど、当然ながら男子禁制だし、のぞきなんかも厳禁よ。奥の左手に鉄製の階段が見えるでしょ。あそこから登った二階と三階部分が寮よ。もし自転車を買ったら、階段の下に置いたら雨にあまり濡れないわ。あなたは個室なの、それとも大部屋なの」

「個室をお願いしています」

「じゃあ三階ね。一緒に二階に上がりましょう。さすがに山崎寮長も今日はいると思うけど」

　そう話しながら女性が二階の入り口へ澤田を案内してくれた。

　それにしても古い建物だ。鉄の階段もあとから簡易に増設した印象で、階段を上ったところも簡単な屋根があるだけの洗面所と便所のようだ。階段を上がってすぐ左に安っぽいガラス扉があり、その奥が寮だという。早くも澤田の頭に不安がよぎった。

女性は扉を開けて中に入り、右手のガラスの小窓をノックしながら寮長を呼んだ。

「山崎君、いるの〜ぉ」

数秒後、小窓の横の扉を開けて背が高くやせた長髪の若い男が姿を現した。焦げ茶色のセルフレームのメガネの奥にはマッチ棒のような細い眼が見える。もともとなのか、眠たいのか。無精髭を生やした細面の山崎寮長は、澤田には寝ぼけたカマキリにしか見えなかった。

「やぁ、寮長の山崎だ。君の名前は誰かな」

澤田は簡単に自己紹介をした。疲れていたし、早く重たい荷物を部屋に置きたかった。

「澤田は、３０９号室だ。三階に上がって、左側の奥から二番目だ。実家から届いた荷物は部屋に入れておいた。俺についてこい」

カマキリは薄暗い食堂だという広いスペースの左奥にある階段を上って三階へと澤田を案内する。

三階には真っ赤なカーペットが敷かれた廊下の両側に全部で十一部屋の個室が並んでいる。いくつかの部屋の中に人の気配があるが、ドアと窓は開いておらず姿は見えない。高い天井の明かり取り窓から春の光が射し込み、廊下の赤いカーペットを照らして豪華な雰囲気を演出しているようだ。

奥から二番目の部屋の前で寮長はカマキリみたいに立ち止まった。

「君の部屋はここだ。来年の志望校合格に向けてがんばってくれ」

そう言いながら、上半分がすりガラスになったアルミ製のドアを手前に引いて開けてくれた。

中を見た途端、澤田は軽くめまいがした。

何かの間違いではないのか。部屋は異様にせまく、ありえないほど暗い。外に面する窓もなかった。

これが京都駿台でもっとも高額な寮の個室なのか。廊下に面したすりガラス窓を通して明かりは少し入ってくるが、３０９号室は北向きの廊下窓なので、くもりの日などは昼でも相当に暗いことだろう。奥のベッドも単なる木製の棚で、その下を物置代わりに利用させるようだ。片引き出しのスチール事務机とベッドで、すでに三畳間の半分は占有されている。

案内してくれた寮長に澤田がけげんそうな顔を向けると、カマキリはメガネの奥の眼をこれ以上無理なほど細くして笑った。

「ここは京大農学部に見事合格した俺が最初にいた部屋だ。一昨年の奴は東大理Ⅱ、去年の奴は京大理学部に合格した実に縁起のいい部屋だ。まぁ、理系のエリート部屋ってところかな。澤田は国立医学部コースだったかな。今年はお前が新たな歴史を作れ。どうだ、気に入ったか」

「……」

「何だ、うれしくて声も出ないのか。まぁな、最初の時は皆同じような反応を見せる。とにかく勉強をがんばれ」

なぜかうれしそうな背中で赤いカーペットの廊下を歩き去っていく寮長と女性を、澤田は立ちすくみながらうらめしそうに見送った。

エイプリルフールかと澤田は思いたかったが、しばらく目を閉じてから開いても、小さな暗い部屋のしつらえは何も変わらなかった。

大学に続けて落第し、予備校にも落第し、ついには寮の選択にも落第したのかもしれない。澤田は下見せずに寮を決めたことを早くも後悔し始めていた。

第二章　煉瓦の城

昭和五十三年　四月

京洛テーラー社長で寮のオーナーでもある武者小路直哉は、代々京都で暮らす四十代半ばの京都人だ。この地でテーラーを創業した父親の篤と一緒に、夫婦でこの古い建物内で暮らしている。

東山南寮と同じ敷地には、北側に隣接して白百合女子短大の寮もある。武者小路家の人々は、縁あって引き受けた駿台東山南寮と白百合女子短大寮の若者五十人ほどと、京都に頼れる身寄りのない子どもを大切に預かるような気持ちで接していた。

「さっきの子はどこから来たの。田舎っぽい感じだったよね」

澤田を案内した事務員の久美子が戻ってくると直哉はたずねた。

「九州の福岡です。確かに田舎っぽい雰囲気の子ですね。福岡市内じゃなく、南の柳川っていうところらしいです。社長、ごぞんじですか」

「柳川ですか。知ってますよ。詩人の北原白秋の生れ故郷でしょ」

「へ～、そうなんですか。社長は文学もお好きなんですか」

「これでも私は都の教養人だからねぇ」

直哉は、普段あまり見せない自慢げな表情をした。

「それはそうと、もう新しい寮生の半分以上が来たんだよね。駿台は月曜から始まるから、明日までには全員そろうだろう。柳川の彼は三階なのかい。あの部屋を見て、何か感想でも言ってたかい」

「奥から二番目の３０９号室でしたが、案内した山崎寮長の顔を黙ってじっと見つめてましたよ。あのせまくて暗い個室を見たら、驚かない人はいないでしょうからねぇ。でも、不思議と今年は三階の個室から部屋が次々に埋まっていきましたよね。よその寮より、大部屋のほうも満室になるのが早かったって聞きましたけど」

「確かにね」

直哉は隣にいる妻の佐知子と顔を見合わせた。

「実は今年から部屋代を他の寮よりずいぶんと高く値上げしてみたんだよ。そうしたら、ここはもっとも予備校から遠いのに、不思議と駿台で一番人気の寮になったみたいだね。予備校の案内リストには内部写真はつけてないんだけど、ここは外観の写真が独特だし、一番値段が高いと高級だと想像するんだろう。ばっちり的中したみたいだよ。人の心理って興味深いねぇ」

そうとは知らず、澤田のように勘違いした駿台生たちが全国から東山南寮を目指し集まったようだ。

「服だって料理だって、値段が高いほうが何となく高級そうに思うだろ。つらい浪人生活をもっともいい寮で暮らしたい、子どもにすごさせたいというのも人情だよねぇ」

「そうですよね、社長。故郷のご両親の気持ちだとたぶんそうなりますよね。ですけど、実際に到着した寮生たちから少々高すぎると苦情が出たことはありませんか」

「そんな声も実はチラチラ聞こえてくるけど、山崎寮長がうまいこと説明するので、まだもめごとになったことはないよ。何しろ東山南寮は第一志望への合格率が比較的いいからね。それに、悩んだり落ちこぼれてるような浪人生が突然立ち直って志望校に合格し、親に感謝される例もたびたびあるんだよ。他の寮ではまれな話だろうけど」

「それは直哉社長、あの秘密の壁の噂と何か関係がありますか」

久美子がひそひそ声で直哉にたずねた。寮を巣立った数人から耳にしていた不思議な噂話で、今でも彼女自身は半信半疑だった。

社長夫妻は一瞬どきりとして互いに顔を見合わせた後、直哉が久美子の顔をじっと見つめてうろたえたように言葉を発した。

「知っていたのかい。いったい誰に聞いたんだい」

「やっぱり、そんな秘密があるんですか」

噂が本当らしいことを知った久美子は、少しうれしそうな顔になってひそひそ声で話を続けた。

「実は、急に成績が伸びて志望校に見事合格した子がうれしそうに少しだけ話してくれたんです。絶対に秘密だからと、くわしい話は決して教えてくれませんけど」

「そうなのかぁ。でも、噂話をせんさくしないでくださいね。中には不吉だと勘違いする寮生や家族がいるかもしれないから、決して誰にも言わないように、いいね。それと、寮の値段を値上げした理由も誰にも言っちゃダメですよ。お願いしますよ」

困った表情の社長は、きつく久美子に念を押した。

春爛漫の四月一日、京都駿台東山南寮の新年度が始まった。

見る者を驚かせるこの大きな煉瓦造りの建物は、日本初の大規模タバコ工場として一九〇〇年に建設された。火災焼失後の一九〇三年に再建され、翌一九〇四年には望月兄弟商会への協力金を支払う形で、明治政府が専売公社化した事業を引き継いでいた。

明治から大正にかけ隆盛を極め、一時は日本最大のタバコ工場であったが、近代化の波に乗り遅れたこの建物は昭和十年代から空き家同然になっていた。

直哉の祖父である実は、吉兵衛と同世代の裕福な西陣の呉服商だった。権勢を誇った吉兵衛と深い親交があり、篤も息子のいない吉兵衛からたいそうかわいがられた。この建物の建設は、篤のもっとも古い記憶の一つとして脳裏にうっすらと刻まれていた。

武者小路家としては、忘れ去られようとしていた思い出の建物を自ら買い取ることは至極当然であり、再利用への夢も必然だった。

篤は戦後まもなく専売公社を所管する大蔵省から東側半分の土地建物の払い下げを受け、一階部分を改装して新しく洋装店「京洛テーラー」として再利用を始めていた。現在も広い敷地の西側半分は大蔵省所有のまま東山税務署として利用されており、当時のタバコ工場の規模のすごさがうかがえる。

一九七一年に駿台予備校の京都校が開設された時、男子寮に利用できる物件を予備校は探していた。同時期に、白百合短大も女子寮を求めていた。いくつかの偶然も重なり、将来を夢見ながら故郷を離れて京都に集う若者の理想郷をつくりたいと強く願っていた篤と直哉はそれらの打診を快諾した。祖父から受け継いだ私財を投じ、直哉は歴史的な二つの建物を寮として大改装し、一九七五年から大学受験浪人生と女子短大生の受け入れを開始したのだった。

その第一期生に現在の寮長をしている山崎もいた。

女子寮は少し小さいが、より鮮やかな赤煉瓦とマッチする白い窓枠が華やかさをかもしだしている。

黒瓦の町家が並ぶ一帯にそびえる煉瓦の城。面する渋谷通は平安後期から関東・鎌倉への大動脈で、南北の主要道路だった大和大路通からもほど近い。

東側のせまい路地に面した煉瓦壁は火災崩壊をまぬがれた最初の建物の一部で、他の煉瓦とは明らかに色合いが異なり、落第生にはお似合いとも言えそうな地味で殺風景な東山南寮への入り口がある。

二階と三階が寮で、三階は個室で十一室。二階には二〜四人部屋があり、定員は全部で二十六人だ。

社長家族は、一階と二階の西北部分を改装し、内階段でつなぎ自宅として暮らしている。

「久美子もあの噂話を知ってたようですねぇ。私だってくわしく知らないんですが、決して怖い話じゃないんですよね」

自宅に戻って、妻の佐知子が直哉に心配そうに話しかける。二人は西陣小学校以来の幼なじみだ。建物に隠された秘密の件は、夫から寮を始めた年に少しだけ聞かされたことがあったが、実際に何があるのかは知らない。

「いつかはバレると思っていたよ。別に恐ろしい秘密じゃないし、縁起が悪い話でもないよ。いわばルルドの泉みたいな、悩み苦しむ浪人生たちにちょっとした奇跡をもたらすかもしれない秘密というか不思議な場所だから、うすうす知られてもいいんじゃないのかなぁ」

「全然想像しがたいですけど、私にもいつか見せてくださいよ」

「悩める若者に……って限定されてるからなぁ」

「私もまだまだ若いつもりなんですけど」

「そうでしたぁ、奥さま。大変失礼致しました」

直哉は笑ってごまかそうとしたが、妻の眼は笑っていなかった。
「さっきの九州の彼はどうかしらねぇ。志望校はどこなんでしょう。初めて親元離れて、これからいろいろ悩まなきゃいいけど」

予備校が始まって最初の日曜日、澤田は買ったばかりの青い中古自転車で街中に出かけてみた。特に行きたい場所があるわけではなかったが、せまくて暗い部屋からふらっと飛び出したくなった。

寮の近くの清水寺は坂がすごく、パスすることにした。

混んだ電車道を西に外れ、別世界のような静かな祇園にまぎれ込む。扉の向こうに秘められた禁断の園をいつかのぞき見たいと澤田はひそかに願いながらゆっくり通り抜けにぎやかな四条通に出た。誘われるように朱色が映える八坂神社に走るが、東山の麓を沿うように銀閣寺まで行ってみようか。都ホテル前の坂をゆっくり登り、緑豊かな南禅寺から幾度か折れながら続く細い道を進んでいく。

澤田は時々自転車を降り、疎水に沿いゆるやかに曲がって続く哲学の道をゆっくり北へ進むが、幸い人の姿も多くはない。

散った桜の薄桃色の模様が水面を彩り、風で刻一刻と変化を続けている。流れに逆らい水底に留まり続ける小魚を見つけては、澤田は時間を忘れて眺めていた。

いつのまにか彼のそばにいたらしい若い女性が、急にひとりごとを言いながら首をかしげた。京都に来たばかりの大学生なのだろうか。

「なぜ疎水は北へ向かって流れてるのかしら。確か北のほうが高いはずよね。鴨川の流れとは逆だし」

　彼女のひとりごとを聞いて澤田も不思議に思っていると、ちょうど通りかかった中年男性が立ち止まって教えてくれた。

「琵琶湖から流れてくる疎水は南禅寺の近くからここまで続いているけど、東山の地形を上手に活かして、哲学の道沿いは南を高く、北を低く調節しながら、水を北へ流しているんだよ。この先の銀閣寺道まで行くと西に流れを変えるけどね」

「へぇ～、なるほど。初めて知りました。昔の人は賢いですね」

「そうだよね。明治期の人々は賢かったね。そんな遺構や建築が京都中に多く残されているから、京都にいる間にいろいろ訪ねてごらん」

「そうなんですね、ありがとうございます。どこかこの近くに、穴場というか、おすすめの場所とかありますか」

　人懐っこそうな女性は、このもの知りそうな男性にたずねた。

「この先に有名な東山慈照寺、いわゆる銀閣寺があるけど、すぐそこの小橋を渡って少し坂を登ると法然院という美しい静かなお寺があるよ。観光客はあまり行かないけど、いい雰囲気のお寺で私のおすすめだよ。作家の谷崎潤一郎って知ってるかい」

「はい、名前だけは知っています。読んだことないけど」

「彼はノーベル賞候補にもなったし有名な作品はいろいろとあるけど、確かにお嬢さんには少々刺激がありすぎるかな。もう少し大人になってから読んでみるといいよ」

「へぇ～っ。何だか逆に興味がわくじゃないですか」

「彼のお墓があるんだよ。ちょうど今ごろ、そこで一本だけ美しく枝垂れ桜が咲くんだよ」

「へぇ～、それはすてきですね。ありがとうございます。あなたもご一緒にいかがですか」

女性が振り向き、横で黙って話を聞いていた澤田を誘った。陽気でかわいい女性に誘われ、澤田に断る理由は特になかった。

「はい、一緒に行きましょう」

澤田は中学高校のころに小説を読みふけっていて、『細雪』は好きな作品の一つだったが、友だちが「谷崎の他の小説はエロ本みたいな禁断の書だ」と言っていたので、あえて読まずにいたのを思いだす。そんなひそかに憧れた谷崎がどうしてこの寺に永遠の地を求めたのか、澤田にとっては作品以上に興味深いものがあった。

寺の前に自転車を置き、女性の後を澤田はついて歩く。観光客の姿はなく、寺のもつ雰囲気を独占できるようないい寺だった。静かな境内の南側にはいくつもの墓石が見える。高い木立の中から鳥のさえずりが聞こえ、地面に広がる苔の緑が美しい。

山に一番近い小高い場所に、一本の紅枝垂れ桜が美しい姿を見せていた。少し遅咲きなのか、今もまだ満開の様子だ。『細雪』に描かれた花見は平安神宮など桜の名所の観る者を圧倒する見事な爛漫だったが、この静かな桜のたたずまいもまたすばらしいと澤田は感心した。

墓地にもかかわらず、その不思議な居心地のよさに、「こんな場所に自分のお墓があればいいなぁ」と澤田がひとりごとをつぶやくと、隣で枝垂れ桜を愛でていた女性が小さな声で呼応した。

「そうですよねぇ。お墓なのにすてきな雰囲気ですね。作家や学者さんのお墓が多い理由もわかります。たった一本だけの枝垂れ桜も、何だか逆に心にしみてきます」

まさかつぶやきを聞かれていたとは知らず、澤田は顔を赤らめた。

その女性は都志《とし》と名乗ったが、澤田は姓や連絡先をきこうともせず、昼下がりの疎水べりで短く挨拶を交わして彼女をそのまま見送った。

「いいか、お前は浪人生なんだぞ」

そんな声が澤田の胸の奥から聞こえてきた。


次の週末、お昼の時間に武者小路社長は東山南寮と女子寮の間のスペースで歓迎会を催した。一部にトタン屋根があるものの、ほぼ屋外といえる場所に折りたたみ椅子が置かれ、丸テーブルの上には、佐知子夫人のおいしそうな手料理がところせましと並べられている。そこには予備校生全員と、短大生の半数である十人が参加していた。

白百合短大二年生の多くにはすでにボーイフレンドがいて、しんきくさい浪人生とうららかな春の日曜日をすごすつもりなどなくて当然だった。ただ、浪人生といえども半数以上は翌年に東大や京大、そして医学部に進学する可能性が十分にあり、短大生たちは将来の保険としての出会いを求めて参加している様子だった。

ホントかどうか、過去に数組の寮生カップルがひそかに誕生したものの、勉強が手につかずに多浪した者、志望校の決定に致命的な影響があった者など、短大生と交際した駿台生の多くは多難な浪人生活を送ったらしい。ただ例外的にひとりだけ、女子寮で一番の美女とつきあいながらも、見事に京大合格を果たした不届きな野郎がいるとの噂もあるようだ。

縁起を大切にする社長で、歓迎会は大安の日だった。上弦の月が東山の方角に薄く白く輝きながら昇ってきている。社長によると、あの山は阿弥陀ヶ峰という名で、何と頂上には豊臣秀吉の墓があるという。秀吉は大阪のイメージが強かったが、この京都に墓があったとは、澤田には衝撃的だった。

「みなさん、こんにちは〜。少しだけお耳を拝借しますよぉ」

社長の声は、二つの寮の煉瓦の壁に反響してよく聞こえた。

「新年度が始まって二週間、少しは京都の街に慣れてきましたか。縁あって馬町でこれから一緒にすごすわけですが、駿台のみなさんにはできれば一年限りで寮を出ていってほしいと願っています。きっとご両親も同じでしょう。白百合のみなさんは、京都で楽しい日々を満喫されていると思いますが、くれぐれも隣の駿台生がみなさんの魅力で腑抜け状態にならぬよう、どうかご配慮願います」

社長の挨拶に、密集して立つ大勢の若い男女が、互いに顔を見合わせながら声をあげて笑い合った。

浪人生にとりかわいい短大生たちが隣の寮で暮らしているというのは、まるで意地悪な罰ゲームのようだった。甲高い笑い声も壁に反響してよく聞こえ、風に乗って化粧の匂いまで付近には毎日漂うだろう。室内に干した下着類まで窓から見えるかもしれないのだ。

「ごらんのように、二つの寮は非常に古く、住みにくいかもしれません。ここは一九〇三年に建築された歴史的建物です。タバコ王と呼ばれた創業者の望月吉兵衛氏から幼いころにかわいがってもらった父が終戦後に譲り受けて、数年前に東山南寮や女子寮として改装しました。彼は望月財閥の総裁でもあった立派な方でした。彼の遺志を継いで、父は遠方から京都に集う若者たちに京の魅力を感じてもらいつつ安心して暮らせる住環境を提供しようと考えました。それを『煉瓦の城』と父は呼びましたが、私も同じ気持ちです。みなさんは望月吉兵衛の名を聞いたことがありますか」

社長が見渡しても、知っていそうな顔はまったく見当たらない。

「まぁ、知らなくて当然でしょうけど、八坂の円山公園には彼が建てた長命館という立派な迎賓館もあるので、いつか行ってみてください。なお、各寮には寮の先輩が寮長として一緒に暮らしながらみなさんの相談役を務めてくれます。私たち夫婦も京都での親代わりとして困った時の相談に乗れればと思っています。駿台生は将来の進路や成績に悩んだ時などに、短大生は生活や男女関係で悩んだ時などに、寮長や私たちに遠慮なく相談してください」

パラパラと数人から拍手が起こった。

「あの〜、駿台生の恋愛相談にも乗ってもらえますか」

今度は女子大生からも笑い声があがった。それは社長には想定内の質問のようだった。

「いいですか。決して悪いことは言いません。せめて一年間だけでも、女性の存在を忘れて必死に勉強したほうがみなさんの将来のためだと思います。それから、いくらタバコ王の建物でも、決して寮内でタバコは吸わないように願いますよ」

若い男女が笑いながら聞いている。社長は続けた。

「ここは古い建物で、もともとはタバコ工場でした。最盛期には二千人を超す従業員が昼夜を問わず年中休まず働いていました。過酷な労働環境で、中には身体を壊す人や故郷に帰れず亡くなる人もいたでしょう。いろんな感染症が蔓延したかもしれません」

社長の妙な話にみなが急に静かになった。かまわず彼は話し続ける。

「過去の寮生の中には、妙な音が真夜中に壁の向こうから聞こえるだとか、不思議な明かりが廊下の先の扉の向こうに見えるだとか、誰もいないはずの天井裏や床下に人の気配を感じるだとか、何か不思議な現象に遭遇したという話を言い出す人がいました。ですが、それはすべて目や耳の錯覚です。あるいは、イタチのせいでしょう」

浪人生たちの間で、ざわつきが広がっている。

「成績や進路で悩む気弱な駿台生が、特に秋から冬にかけて幻聴や幻覚を見てしまう場合が多いようです。いくら魑魅魍魎が跋扈するといわれる千年の都の京都といえども、この寮には決して亡霊とか妖怪とかは出てきません。社長のこの私が誓います。どうか安心してください」

社長は駿台生たちの顔を見渡しながらさらに話を続ける。

「もしも受験勉強中に自分の精神が少しでもおかしくなったなぁと感じたら、すぐに山崎寮長や私に教えてください。いいですか、くれぐれもひとりで悩まないでください。仮に何か幻覚を見たら、他の人には決して話さず、まず私にお知らせください」

「社長さん、そんなふうに言われたら、俺とか怖くて夜中にひとりで便所に行けなくなりますよ」

大きな笑い声が聞こえたが、数名の浪人生の顔はこわばっていた。

女子寮と東山南寮の合同歓迎会は二時間ほどで終了した。男子校育ちの澤田はかわいい短大生の誰とも恥ずかしくて話ができず、結局は東山南寮の連中と雑談しながら日曜日の午後をすごしていた。

日曜の夕方は寮内での食事提供はないため、寮生たちは近くの食堂で夕食をすますことが多かった。

この日、澤田は三階の仲間たちと馬町バス停前にある「ときわ食堂」へと向かった。東山南寮からもっとも近い食堂の一つだ。

「いらっしゃい。四人さんですか。お好きな席にどうぞ」

ときわ食堂は初老夫婦が二人で営む小さな食堂で、寮の代々の先輩たちもよく利用していたらしい。

「何にしましょうか」

入り口の外のはり紙が示すとおり、麺類や丼物や定食などを提供する庶民的な食堂で、観光客がまぎれ込むほどの引力はなさそうだ。

「僕はにしんそば定食をください。こいつは鴨南蛮うどん定食。そいつは親子丼定食で、あいつにはビーフカレー定食をください」

「はい、ありがとう。あなたたちは初めて見るお顔だけど、もしかして東山南寮の生徒さんたちかい」

「そうです、わかりますか」

「そうだねぇ。あなたたちの先輩をたくさん見てきたから、駿台の寮生タイプは何となくわかるわよ」

「へ～っ、どんな感じなんですか」

「そうだねぇ。その辺の大学生よりも賢そうなんだけど、はしゃげないっていうのかな、何かを我慢してる顔というのかな」

そう言って、お茶を運んできた奥さんは笑った。

「寮では日曜は食事が出ないんでしょ。うちは日曜も開けているから、一年間ごひいきに」

田舎育ちの澤田にとっても昔懐かしい雰囲気で、何となく気が休まりそうな食堂だった。

四人は東大路通が眺められる窓際の席に座ってお茶を飲んで話しだした。窓から西日が射し込んで、せまい店内を明るくしている。

「さっきの社長の話、澤田はどう思う」

隣の３０７号室の河辺タダシが澤田にたずねる。河辺は東大文Ⅱ志望で、兵庫県神戸市の出身だ。頭の回転も飛び切り速いが、口の回転も誰にも負けない天才肌の男だった。

「さっきの話って」

「夜中の物音やあやしい光のこととかだよ」

河辺の眼は笑っていなかった。

「俺たちが真面目に勉強するようにおどかしただけだろう」

「そうかなぁ。俺の高校の先輩が去年ここの寮にいたんだけど、その先輩から同じような出来事を聞いたことがあるんだ。その時は先輩が俺をからかってると思って軽く聞き流したんだけど、まさか社長の口からストレートに聞くとは思わなかった」

「ホントか、河辺」

「単なる噂話かもしれないけど、急に性格や態度が激変する寮生が時々いたらしい。山崎寮長が自分の部屋にこっそりと呼び入れるらしいんだ。呼ばれた奴は夜遅くなって部屋に戻ってくるけど、決して何があったか誰にも話そうとしないそうだ。その晩から明らかに何か人が変わってしまうらしい」

「ホントかよ、それ。おどかすなよ」

「何か寮長って少し変だと思わないか。カマキリ寮長っていうあだ名、まったくそんな感じだよな」

「佐世はその話をどう思う」

澤田は３０５号室の佐世マサルに声をかける。生真面目な医学部志望の長州・山口県人だ。

「そんな妙な噂話は俺にはどうでもいいよ。どうせ信じないし、受験勉強にじゃまなだけ。な〜んだ澤田、お前が実は一番信じてて、勝手に怖がってるんじゃないのか。九州男児とは思えないなぁ」

「何だかおもしろそうじゃないか。俺はカマキリに呼ばれたいね」

隣に座る片山タカシが口をはさんできた。京大理学部志望で愛媛県出身の二浪の片山は、カマキリ寮長に何となく似た風貌だ。去年は地元の予備校で思うように成績が上がらず、今年は思い切って京都にやってきたという。河辺の向かい、３０６号室の住人だ。

「なぜかその後に成績が急によくなるんだろ。いいじゃないか。幽霊か亡霊か精霊か知らんが、俺を指名して呼び込んでほしいよ」

片山は決して冗談でもないらしい。

「もしかして、実は寮長が幽霊かもな。ちょっと変わってそうだ。カマキリと仲良くしなきゃ」

おいしい定食を食べ終わると、満足した四人は坂を下って寮に帰った。この後は、いつものように連れ立って近くの銭湯へ行く予定だった。

「ありがとうね。またどうぞ来てくださいね」

黙ってはいるが、誰もが社長の話を頭の中で繰り返し思いだしていた。澤田も不思議な怖さを少し感じ始めていた。

第三章　五月の病

昭和五十三年　五月

ゴールデンウイーク期間中は授業がない日もあり、予備校生の生活ペースは乱れがちだ。同じ卒業直後の春なのに、深刻な格差が大学生と浪人生との間に存在するという現実。浮かれた大学生に対する僻みややっかみは、全国の浪人生たちの偽らざる感情だ。

澤田の同級生も幾人かが京都大学に現役合格していたが、身体の奥底にひそむ浪人コンプレックスの成せる業か、妙なもので今は決して誰とも会いたいと思わなかった。

その代わりに、実家も近く親しくしていた先輩とは久しぶりに会ってみたい気持ちが次第にふくらんでいった。

その志井達也は去年京都大学哲学科に現役合格していた。九州屈指の進学校で終始トップを争う秀才だったが、東大には見向きもせずに京大へと進学した。昨年澤田は何度か手紙をもらったが、簡単な返事しか書けなかった。京大や府立医大へ進む気もなく、遠く離れて暮らせば親しい先輩ともいずれ疎遠になるだろうと考えていた。

街や寮や予備校にも慣れたころに訪れたゴールデンウイーク。久々に志井に会ってみようと澤田は思った。同じ街に暮らしながらまったく会わないのも、高校時代の親しさから考えても妙だった。澤田は志井の下宿の住所を彼の母親から聞いてたずさえていたが、ある日の昼前に思い立って、自転車で会いに出かけていった。

さわやかな休日なのに、志井は出町柳駅に近い下宿にいた。下宿の小母さんが澤田の来訪を伝えにいくと、汚いＧパンと汗臭そうなＴシャツ姿で志井が玄関に現れた。髪は寝癖で跳ね上がり、つい今しがた起きたばかりのありさまだった。

「おぉ、澤田かぁ。よく来たなぁ。まぁ上がれ、部屋に来いよ」

「先輩、お久しぶりです。おじゃまします」

志井の部屋は個人宅の二階のひと部屋で、窓からは隣の家の窓がすぐそこに見える。澤田の個室の二倍もある広い和室だが、寮のせまさのほうが異常であり、六畳なのに贅沢と錯覚しそうだった。

布団は二つ折りで壁際に寄せられ、隅にはビール瓶数本と使用済のちり紙がちらかっている。新聞の束が無造作に押し入れの前に積まれていたが、澤田も名前を知っている政党の機関紙だった。

「お前が京都で浪人してる話は母から聞いてたが、どうして補習科じゃなくて京都にしたんだ」

「熊大と鹿大に落ちたんですけど、何となく地元で浪人したくなかったから東京の駿台に行こうと思ったんです。予備校では一番だからですね。それで指定寮を見に板橋まで電車で行ったら全然イメージと違ったんです。ありえないほどゴチャゴチャしてて、冷たい感じだったんです。これじゃぁ東京では暮らせそうにないと感じて、新校舎が二条城の隣に今年できたばかりの京都駿台にしたんです。暗い雰囲気の浪人生活だけは避けたかったので」

「なるほどな。それでどうだ、京都は好きか」

「もちろん好きですよ。ただ、楽しいことがけっこう多そうだから、浪人生には少々つらい禁欲修行みたいなもんです」

「確かにそうだろうな。大学生活を送るには京都の街は最高だが、お前ら浪人生にはのんきに遊んでる大学生の姿がいらっとくるだろうな。石でも投げつけたいだろ」

「まぁ、そんなところです。さすがに石は投げませんけど。だから絶対に鴨川のアベックの姿とか見ないようにしてます」

「やっぱり医学部志望なのか。今度はどこ受ける。また熊本か」

「実はちょっと気持ちが揺れてます。僕が高二まで文系志望だったのを先輩は知ってますよね。京都に来たら、また何となく文系もいいかなぁって」

「だろぅ。いったい医学部のどこがいいんだ。全然つまらんだろ。医者は自分の目の前の人しか救えないだろ。仕事によっちゃもっと大勢を救うことができるのに、ちょっとばかし高校の成績がいいからといって誰もが医学部に行こうとする最近の風潮はおかしいと思うぞ、俺は」

「それはそうですが……。でもたとえばどんなことですか、大勢を救える仕事って」

　少し真顔になって一息ついてから志井は話しだした。

「俺が京都に来たのは京大の哲学科で学びたかったからだ。だが別に哲学者や文筆家に将来なろうとは思っていない。政治家になろうとも思わないが、大手マスコミで記事を書いたりテレビ局で報道番組を制作したりすれば、社会に自分がいいと思う考えや意見を積極的に紹介し届けられるし、少しずつよい方向に人々を導くことも可能だ。お前だってわかるだろう。自民党支配が長すぎて、社会はおかしくなっているんだ。野党がもっと活動できるように、俺らが筆の力で応援することもできるだろう」

　眼の前の志井は驚くほど雄弁に変わっていた。

「これからはテレビの時代だ。政治家だろうが誰だろうが、大手マスコミに歯向かうことなんかおそらくできなくなる」

志井は裕福とは無縁の母子家庭で育った秀才だったが、ここまで政治色が濃い話を聞かされたことは過去になかった。京大入学後の変化に違いなかった。哲学を学ぶことが、彼に大きな思想的影響を与えたのだろうか。それとも京都の街のもつ独特な雰囲気や歴史のせいなのだろうか。

澤田はノンポリで特定の政治思想を抱くこと自体を今まで避けるようにしていたが、ソ連や中国の共産主義体制の国には中学生のころから矛盾を感じることがたびたびあった。

「京大って左翼や過激派が多いとか聞きますが、先輩も共産主義に傾倒してるんですか。高校の時は違ったでしょ」

志井の性格を知る澤田は、彼の眼を見てストレートにたずねた。

自らの京都での生活と心境の変化、そして政治的傾倒のわけなどを志井は澤田にとくとくと語った。話せば話すほど志井は次第に早口になり、声のトーンも上がっていった。何事にも熱くなる志井の性格がよく表れている。彼にとっては自然な成り行きなのだろう。

ふと気がつくと、あれほど親しかったはずの先輩に対し、澤田は本能的に何度も繰り返し反論してしまっていた。

「ソ連や中国が今やってる共産主義って、共に豊かになるというより、みんなが貧しくなりませんか。一握りの党幹部だけが大きな特権を握って、ＫＧＢや党の公安部みたいな情報機関や暴力的組織を巧みに使って大勢の国民を冷徹に抑圧・コントロールするなんて、それこそ共産党幹部自身が忌み嫌うブルジョア連中に見事に成りかわっただけでしょ、違いますか」

澤田の激しい反論に驚いた志井は何か言いたそうだったが、かまわず澤田はわき上がる思いを大学生の先輩に向かって話し続けた。

「天然資源のない日本で皆が平等に豊かになる社会なんて僕には決して想像できないですね。大地の恵み、わき出る財産である石油や天然ガスや高価な貴金属などが大量に地下から取れて外国にどんどん売れる国なら少しは富を共有できる可能性があるでしょうけど、そんな天然資源に現に恵まれたソ連や中国でさえ国内経済は無茶苦茶じゃないですか」

「何を言ってるんだ。お前はなんにもわかってない」

顔を赤らめた志井は、澤田を見すえて激しい口調で繰り返す。

「共産主義や社会主義思想は、日本人の誰もが学ぶべきだ。大学に入ったら真剣に社会のことを考えてみろ。お前が目指す医者なんて、苦悩する社会や貧しい階層の人々を決して平等には救えないぞ」

青いままの弟のような後輩を救いあげようと、志井は優しさでさとす気持ちなのだろう。

澤田は親しかった先輩が急に遠い存在に思えてきてつらくなった。

「日本での共産主義は、社会をよくするというより貧しさの再分配におちいると僕は思います。それに文化大革命みたいなのが日本で起こったりすれば、積み重ねてきた日本の伝統的なよさもすべて失われます。一度壊れたら決して戻せませんよ。先輩、よく考えてください」

澤田は最後にそう言うと、あわただしく志井の下宿を後にした。

一緒に遅い昼食をと考えて訪問したのだが、残念ながら気持ちが逆に離れていくのを感じた。同じ街に暮らしているが、もう二度と会わないような気がしながら澤田は寮へと自転車を走らせた。何度も下宿でのやりとりを思い返したが、突然訪ねたことを反省こそすれ、澤田には自分の考えが間違っているとは決して思えなかった。
彼にとっても先輩にとっても、つらい五月の休日となった。

予備校生には長すぎるゴールデンウイークも終わり、急に京都の街が明るく感じられるようになった。空にも東山連峰にも鴨川の水面にも光が溢れ、古い街並みに映える新緑が美しい。もう半袖でもいいような温かさで、甍の上や路地に吹きそよぐ風が心地よい。

澤田は当初、市電と市バスを乗り継いで予備校へ通っていた。馬町停留所から市電に乗り、ゴトゴトと東大路を北上して九駅目。熊野神社前で混んだ市バスに乗り換え堀川丸太町の予備校まで行くのだが、田舎者に乗り換えは少しだけ面倒だった。

澤田は街並みに溶け込んだ市電の雰囲気が大好きだが、来月から市バスも市電も百円に値上げされるため、廃止の日を見越して気ままな自転車通学を最近始めていた。

五月も後半に入ると、澤田は予備校にも寮生活にも慣れ、ゆるやかに移り変わる景色や人々の様子など、朝夕の自転車通学も楽しめるようになっていた。

寮の南側を東西に走る渋谷通は西の鴨川方向へゆるやかに下っている。百メートル先の小さな交差点を北へ折れて大和大路通を少し進むと五条通に出る。西に京阪電車の踏切を越えると五条大橋で、渡ってすぐ北に向かうと木屋町通に入る。ネオンが消えた午前中は走りやすいが、四条を越えると宴の後の何ともくさいにおいが一帯に立ち込めている。浪人生にとっては嫌味な通りでもあるが、三条を越えると広くて気品ある御池通が現れる。「いつか泊ってみたいなぁ」と心に誓う憧れの旅館もそばにあるお気に入りで、自転車通学こそ、澤田にとって京都を満喫できる至福の時間だった。

二条城を横目に北へ堀川通を走り抜けた先に今年完成したばかりの駿台の真新しい校舎がある。周囲に溶け込む少し地味な色合いの六階建てで、一階には堀川通に面した広いロビーと奥にはガラス窓越しに教務室と講師室がある。二階から五階は教室で、南側のガラス窓越しに二条城が美しく見渡せる。最上階の広くて明るい食堂も南と東は広いガラス窓になっており、遠く東山三十六峰が京都の街の甍越しに眺められる。予備校内で唯一無二の楽しい場所で、女子生徒と一緒に食事するチャンスは、指定男子寮で暮らす連中には他で体験できない無上のたのしみだった。


各クラスには担任がいて、成績管理や最新受験情報の提供、何より浪人生の悩み相談を親身になって受けてくれるという。

天地マリは白百合女子短大を卒業して今年二年目、澤田のいる国立医学部コースの担任で、京都校のマドンナと男子生徒たちに呼ばれていた。天然気味の性格で笑顔も優しく、落ちこぼれ生徒にも親身になってくれると、新米ながら京都駿台で一番人気の担任だった。

「澤田君、おはよう。あのね、最後の授業が終わったら、帰る前に教務室に立ち寄ってほしいんだけど。いいかしら」

これまで一度もちゃんと話をしたことはなかったが、百人以上のクラスだから当然だと澤田は思っていた。

「午後の二教科目の表先生の英語が終わってからなので、四時半になりますが、それからでもいいですか」

表次郎は京都駿台のカリスマ英語講師で、高校の時にもこれほどためになる英語の授業を聞いたことがなかった澤田は、いつも表の授業が楽しみだった。

「えぇ、もちろん。忘れずに立ち寄って、私を探してね」

天地のそんな雰囲気が浪人生たちに受けるのだろう。他のクラスの男子生徒たちにも天地は人気があった。

月に数回、なぜか東山南寮に入っていく彼女の姿が寮生に目撃されていた。国立医学部コースの誰も寮で彼女と話した奴はおらず、いったい何をしに寮に来ているのかと不思議がる声も多く聞かれる。

授業がすべて終わって、約束どおりに澤田は教務室で天地を探した。

「忘れずきてくれてうれしいわ、澤田君。少し時間をいただいてもいい」

「何でしょうか」

少し緊張し身がまえる澤田に、天地は天然の笑顔で話しかける。

「澤田君は確か福岡出身だったわよね。少しは京都に慣れてきたかしら。自転車で毎日通ってるらしいわね。大変じゃない」

「いえ、通学は楽しいです。第一志望は東京校でしたが、満員電車がまったくダメで、変更して京都校を選んでよかったです」

「そうだったのね。どう、東山南寮は気に入ってるの」

「個室希望で東山南寮にしたんです。窓もない三畳の部屋は想像と違ってすごく最初は驚きましたが、今では逆に気に入ってます。まわりが見えないので、意外と勉強にも集中できるんです」

「そうね、確かに集中できるかもしれないわね。ところで、五月病を患いやすい季節だけど、澤田君は大丈夫ですか。なかなか勉強に手がつかないってことはないの」

「ゴールデンウイークの時とか、予備校が休みの日にはつい京都の街をうろうろしてしまいがちです」

「そうよね、修学旅行で来るような街ですからね。澤田君は現役の時はどこを受験したの。入校時の資料によると、国立の医学部を二つだけみたいね。私立は受けなかったの」

「去年は熊本と鹿児島の二校だけで、私立は受験してません」

「今年はどこを受けようと思ってるの。去年と同じなのかしら」

「新しく共通一次試験が始まり二期校がなくなるから、志望校選びは少し悩んでます。僕は旧制高校の雰囲気が好きなので家から近い熊大を志望したんですが、今回は金沢なんかもいいかなぁと思っています。さすがに京大は僕には難しいし。初の共通一次がまだどう左右するかまったくわからないし、すごく今年は決めにくいですね」

「そうよねぇ。共通一次の最初の年だから、予備校側もいろいろと難しい推測や判断をしなきゃいけないのよ。だけど、生徒さんは夏休みをすぎるころにはちゃんと第一志望校を決めたほうがいいかもね」

「わかりました」

「旧制高校の雰囲気が好きなのはわかるけど、特色のある新設の国立医大も増えていますよね。でも、志望校を決めるのは本当に難しいわね。最後は自分自身の感性を信じるしかないのだけどね」

「そうですね」

「医学部はいつごろ志望したの、澤田君。最初からなの。それとも、その前に別の志望があったのかしら」

「最初は外交官や実業家とかに憧れて文系志望だったんですが、高三の春に急に理系に変わったので手遅れでした。今でもやっぱり文系がいいかなぁと、少し悩むこともあります」

「あら、そうなの。澤田君は今でも悩んでいるの。あまりよくないわねぇ。医学部志望に変えた理由って何なのかしら。私に教えてもらえるかしら」

　澤田が家族にも隠していた志望動機だったが、担任の天地には自然に話せそうだった。

「実は、小学校・中学校・高校と、僕が好きになった女性のほとんどが開業医の娘さんだったんです。ホントに不思議な偶然なんですけど。なので、やっぱり医師にならないと彼女たちと結婚できないかなぁと思って。だから高三になって急に医学部に志望を変更しました。かなり不純な動機ですよね、それって」

　マドンナは目を細めて、小さな声で笑い始めた。しばらく笑いが止まらないようだった。澤田は本当のことを正直に話して少し損したような気分になった。

「笑ったりしてごめんなさい、澤田君。初めて聞いた医学部の志望動機だけど、とても純粋な動機よね。ある意味、男らしくてすてきな志望理由だわ。すばらしい。だったら、なおさら彼女のために必死に勉強もがんばらないとね」

「別に両想いじゃなくて、僕の片思いだったんです。彼女が東京の女子大に進学したので、僕も近くにいたくて東京の駿台を最初は希望したんですけど、さっき言ったように僕は東京があまり好きになれなくて。こんなことは親にも言えなかったけど、それが本当の理由です。でも彼女との縁はもともとなかったのだろうと今は思います。もうあきらめましたから、今は別に医学部でなくてもいいかなぁと思っています。絶対に他の人には言わないでくださいね」

「もちろん言わないから安心して。だけど、せっかくすてきなお話を聞いたかと思ったのに、澤田君って案外だらしないわねぇ。そんなに簡単に好きな人をあきらめちゃうの。九州男児なのでしょう」

「これには九州は関係ないと思いますが」

「まぁ確かに……」

二人は声を出さずに笑った。少し恥ずかしそうな澤田の顔を、担任の顔に戻った天地が見つめる。

「東山南寮の山崎寮長から寮生の近況とかも聞くことがあるのよ。親元を遠く離れて暮らしていると、京都の大学生が遊んでいる姿とか眺める機会も多いから、この時期になると勉強がおろそかになる人が少なくないみたいなの。京都だからよけいになりやすいのかも。澤田君はおそらく大丈夫だと思うけど、五月病は誰でもかかりやすい病気みたいなものだから、決して感染しないように気をつけてね」

「はい、気をつけます」

「それに、心配ないとは思うけど、女性にも気をつけてね。大学に進めば、恋なんていくらでもできるから」

「大丈夫です。僕なんか全然モテないし」

「予備校は十カ月間の短期勝負だし、もし五月病とかになったら立ち直りが厳しいですよ」

土曜日の夕方、天地マリは東山南寮の寮長室で床や椅子にちらかった衣服や本などをテキパキと片づけていた。予備校での仕事は昼すぎには終わっていたが、今も制服を身に着けている。

「片づけはほどほどでいいよ、こっちにおいで……」

山崎は二部屋ある奥のほうの部屋のベッドの上で、レコードをききながら天地を手招きしている。プレーヤーでまわっているのは、ナターシャセブンのアルバムだ。他に杉田二郎など京都のフォークが気に入っているという。カマキリ似の姿だけは多少フォークシンガーっぽいが、京大に合格して始めたギターの腕はお粗末だった。

天地が好きなのは、同じ京都でもザ・タイガースで、ジュリーには似ても似つかず、まるで細い目のサリーが口髭をたくわえているような山崎の風貌には赤点をつけたいとひそかに思っていた。

「寮生たちの様子はどんなかしら。五月病らしき人はいないの」

片づけを止め、天地もベッドに山崎と並んで座った。奈良県明日香村出身の彼女は、北隣の女子寮で二年間暮らした。高校まで純粋無垢で育ったためか、短大一年目に社長が催した二つの寮の初めての合同懇親会で幸か不幸かカマキリにつかまり親しくなった。

「医学部コースの連中は真面目だから大丈夫だと思うけど、強いて言えば澤田が少し危ういかも。日曜日に自転車で街中をうろうろしてると他の奴らが言っていた」

「実は私も澤田君が心配だったので、数日前に面談してみたの。彼は医学部の志望動機が一風変わってて、確かに今も進路自体を悩んでるみたいなのよ」

「変わってる志望動機って、いったい何なんだい」

「う〜ん、言っていいのかしら。でも、どうやら女性みたいね」

「あいつは医者になれば女にモテるとでも思ってるのかなぁ」

「そういう不純な意味じゃないみたいよ。女性に人生を翻弄されるタイプみたい。むしろすごく純真なのね、澤田君は。いい意味で、恋多き若者っていうのかなぁ」

「ふ〜ん、あいつがねぇ。いつか喝を入れないとダメかもね」

「そうかもしれないけど、慎重にお願いしますよ。あなたと違い、彼はとても繊細な人間だと思うの」

「俺だってナイーブだぜ。ねぇ、マリちゃん。優しくかわいがっておくれよ」

「わぁ〜、やめてよ。気色悪い」

確かに山崎の顔を見ながらそんな言葉を聞くと、普通の女性なら気持ち悪くなって吐きそうになるだろう。

「なんで奴らは医学部に行きたがるのかね。理学部や工学部のほうが俺はおもしろいと思うけどなぁ」

「そうかもしれないけど。でも医学部志望の子って、すごく真面目な生徒が多いわよ。自分や家族の病気の経験で難病を治したいとか、子どもたちの不治の病の治療法を見つけたいとか、ブラック・ジャックや財前五郎みたいに難しい手術で瀕死の人を助けたいとか」

「俺には全然わからないなぁ、最近の医学部人気が。高校や予備校だって医学部進学を難易度だけで判断してるじゃない。あまり偏差値偏重がすぎると、金目当ての奴らが増えると思うけどな」

「親の病院を継ぐ人は多いけど、お金目当てで医師になりたいって言う生徒はあまりいないと思うわよ」

「じゃあ、やっぱり女性にモテるからか」

「それも違うんじゃないかしら。澤田君の場合は、女性にモテるために医師になりたいというんじゃないわ。彼は大好きな女性が先にいて、自分も医師になるほうが医師の娘である彼女たちとの恋が実るって純粋に思い込んでるだけだから。あっ、言っちゃった」

「変な奴だなぁ。医学部じゃなくても、京大生なら俺みたいにモテるけどねぇ」

「バカねぇ、何勘違いしてるの。でも医学部を狙う子は、前向きな生徒が多い気は確かにするわ。澤田君なんか、別に医師じゃなくっても、きっと文系に進んでも成功するタイプじゃないのかなぁ。十八歳で一生の仕事を決めちゃうなんて、正直難しいわよね」

「そうだよな。いろいろ悩みながら試行錯誤して生きるほうがいいんじゃないのかなぁ。大学は成長のための基礎力を養う期間。予備校は、その大事な大学を選べる大切な余裕としていただいたありがたい時間なんだから、本来なら澤田みたいな浪人生活が一番理想かもなぁ」

「そうかもしれないわね。ねぇ、いつも思ってたんだけど……」

「何だい、僕のマリちゃん」

「笑わせないで、気持ち悪いし。あのねぇ、隣の部屋の西側に扉があるでしょ。あの奥って何があるの。だって、立入厳禁のはり紙があるじゃない。掃除してると、つい好奇心から開けたくなるの」

「奥は社長家族の自宅に通じている短い通路なんだけど、決して勝手に開けちゃダメだよ。怖いおばけが出るから」

「からかわないでよ。寮長は中に入ったことあるの」

「もちろんあるよ、年に数回だけど」

「へぇ〜、ねぇ教えてよ。その通路にはいったい何があるの」

「絶対に誰にも話すなって、社長から厳しく言われているから」

「ますます興味が出たわ。いつか中に連れてって。代わりに寮長、私からも何かいいことがあるかもよ」

「ホントかい。いいことって何だろ。社長との約束だから困ったなぁ。約束やぶったら、寮長をやめなきゃいけなくなるよ。でも、マリちゃんのいいことって何なのかも知りたいしなぁ。悩むなぁ」

　故郷の母親から初夏の衣類などが入った大きめの小包が届いた。中には柳川でしか買えない澤田の好物と一緒に、浪人生活を心配する母親の手紙が入っていた。澤田が数週間前に両親へ宛てた手紙でふともらした気持ちの揺らぎのようなものを、親の本能として敏感に感じたのであろうか。

「別に国立の医学部でなくてもいいから」と、母親のほうが澤田以上に気弱になっているようだった。あまり強く言い返せるほどの好成績でもなく、澤田は返事の手紙をしばらく書けなかった。

第四章　寮長の影

昭和五十三年　六月

「ねぇ寮長。サッカー、どこが優勝すると思いますか」

夕食の時に隣に座った澤田がにこやかにたずねた。六月中旬からサッカーW杯がアルゼンチンで開催されている。

「さぁな。俺は全然興味ない。高校ではスキーやスケートのほうが盛んだったからな。お前、サッカーなんかに興味あるのか」

澤田の高校はサッカーが盛んなので、その言葉と小馬鹿にしたような話し方には正直ムカついた。

「中学のころはオランダのクライフが大好きでしたが、今はアルゼンチンのケンペスですね。黒髪をなびかせ疾走する姿にはしびれます。明日の決勝でオランダをやぶれば初優勝で、ケンペスの得点王もかかってますけど、寮にテレビもラジオもないから泣きたいですよ」

あっさり話題が途切れるのもくやしくてさらにサッカーの話を続けたが、敵の壁は予想以上に高かったようだ。

「何言ってんだ。勉強に集中しないと成績は伸びないぞ」

カマキリが言うとおり、W杯といえどもいさぎよくあきらめるしかないのか。澤田は何となくカマキリが好きになれなかった。どこかあやしげな影が極細の眼の奥にひそんでいる気がしてならない。

それにしても、どうしてカマキリのような奴が寮長なのか。しかも京大入学と同時に寮長になり、今年三年目を迎えてるという。「カマキリには、マドンナだけでなくあやしい影がつきまとう」と、寮生の多くが山崎の陰口を叩いていた。

澤田には理解しがたい不思議なカマキリ男だったが、注意深く細い目でまわりを観察しているらしい。大きな悩みを抱えていそうな寮生を見つけては、「どうかしたのか、悩んでいるのか？」と突然ぼそぼそと声をかけてくるという。暗いトーンの中にかすかに温かみを混ぜ込んだみたいな声質に救われる浪人生はめずらしくないらしい。

カマキリ山崎は北海道弟子屈《てしかが》の出身だった。摩周湖と屈斜路湖にはさまれた静かで自然豊かな場所だ。おいしい農作物にも恵まれ、優しい母親が「みなさんに配りなさい」と、季節ごとに大量の新鮮な農産品などを京洛テーラーと東山南寮まで送ってくれるらしい。実際に配ってまわるので律義な男だとの評価もある。北と南の違いはあるが、田舎者という点では澤田とかなり似ているようだ。

山崎の姿をあえて無理やり人間にたとえるなら、売れないフォークグループのメインボーカルの脇に添え物のように棒立ちしているメンバーのそれだと言えばわかるだろうか。

無口なくせに似合わない口髭をたくわえ、大きな茄子型の焦げ茶セルフレームメガネの奥にひそむ細い眼は常に無表情だ。長身ながら栄養失調のように細い。同じ弟子屈町で少年時代をすごした名横綱の大鵬とは真逆の容貌だ。軽く天パーなボサボサ髪が肩まで伸び、服は毛糸のベストとパンタロンのＧパン以外持っていないのじゃないかと寮生たちに思われていた。

カマキリは自分のことをあまり語ろうとはせず、謎めいた男を紐解こうという寮生たちもおらず、謎は謎のまま東山南寮の奥深くに漂っていた。

今から四、五年前、まだかわいさを残した高校生の山崎が北海道でのんきに暮らしていたころのことだった。

まるで廃墟のような煉瓦造りの工場を、新しく京都にできる予備校の寮へ変身させるための改装工事が着々と進んでいたある日、作業着を身につけたひとりの若い左官が武者小路直哉を訪ねてきた。

「施主にぜひお話したいことがありまして」

まだ二十代後半の精悍な表情の若者は、真っすぐ直哉の眼を見てそう切り出した。

「どんなお話でしょうか。現場の左官さんのようですが」

突然の訪問に、直哉は少しとまどった表情だった。

「この建物が改装されるとお聞きし、ぜひ私も働きたいと工事会社にお願いして、先月から参加している次第です。実は同じく左官をしておりました祖父から父へ、そして私へと、我が家で代々受け継がれてきた話がございます」

若い左官はしっかりと直哉の眼を見つめていた。

「ほう、それはどんなお話でしょう」

「明治後期にこの建物が再建された時、当時の施主のご依頼で、祖父は煉瓦壁の一部にひそかに特殊な細工を施しました。他の誰にも秘密にされた特別な仕事だったと聞いています」

直哉には初めて聞く話のようだ。

「どうしてあなたのお祖父さんだけが関わったのですか」

「祖父が腕を見込まれていたのは確かですが、望月家と同じく我が家の出が加賀の鶴來だったのが理由だと聞いています」

「なるほど、同郷の出でしたか……」

「はい。その後はごぞんじのように所有者が変わりました。しばらく空き家同然に放置された建物が社長のお父さまに売却されたと知った際に、隠居していた祖父が父にこの建物の煉瓦壁の秘密を伝えたようです。そして、父も自分が老いる前にと、数年前に私にその秘密を教えてくれました。おそらく我が家の者以外でこの秘密を今も知る者はないかと存じます」

「煉瓦壁の秘密ですか。初耳ですねぇ。確かな話なんですか」

直哉はけげんな表情を見せたが、若者の顔は真剣だった。

「後ほど一緒に見に行きたいと思いますが、改装作業を進めている中で、昨日ようやく見つけることができました。父も私も祖父から正確な在り処までは聞いておりませんでしたから、誠に運がよかったと思います。もちろん、このことは他の誰も知りません」

秘密にされた内容も、なぜ秘密にされたかの理由もいっさい知らぬまま、直哉は父親の篤を誘って、その若い左官と一緒に改装工事が進む建物の二階部分へと向かった。そこは、自宅部分と新しい寮監室とをつなぐ短い通路となる予定の場所だった。

「ここです。この壁に祖父から伝え聞いた秘密を見つけました」

興味を示したのは、直哉よりも父親の篤のほうだった。

「そう言えば……」

篤に遠い幼い日々の記憶がよみがえったようだ。

「建物の壁に何か言葉を埋め込んだと、吉兵衛さんが父に話したそうだ。彼が亡くなった後で父に教えてもらったが、吉兵衛さんはその謎めいた言葉の在り処も内容も秘密にしたらしい。建物が専売公社に渡ったので、そのまま忘れ去られてしまったのだろう」

年老いた篤が懐かしそうに幼い日の思い出を直哉に話した。

雑然とした作業場にたたずむ直哉と篤は、左官に指し示された通路片側の壁に他とは色合いが少し異なる煉瓦が埋め込まれていることに気がついた。

色違いの壁の中央に、縦長Ｂ４サイズほどの樺色の陶板のようなものが薄くはめ込まれている。板には乳白色の文字がたくさん並んでいるようだが、かなり汚れており読みにくかった。表面を拭きあげて磨けばおそらく読めるようになるだろう。

口伝の実在を目の前にして、不思議な感覚を親子は覚えていた。

昼なお暗い通路の中で、左官が懐中電灯の光を慎重に壁に当てると、その陶板を囲むように四隅に金粉を練り込んだような模様が淡く輝いて浮かび出てきた。よく見ると、その模様に思えたものは、それぞれが一文字の漢字のようだった。

「ほう、これなのか。よく今まで残されていたもんだなぁ」

一番しっかり見つめていたのは父親の篤だった。

吉兵衛が幼かった父をかわいがったことは直哉も知っていた。決して誰かの最近のいたずらなどではあるまい。この陶板に記された明治三十六年七月吉日、望月吉兵衛という日付と名前は建築された時期と符合する。もう七十年も前のものだが、ずっと日陰だったことが幸いにも保存状態をよくしたのだろう。

どの文字も、陶板に連なる言葉も、篤が覚えているたくましい吉兵衛にふさわしく、若き日の彼のしわざに違いない。もし寮として大規模改装をしなければ、文字どおり秘密は壁に埋もれたまま光が当たらず、最後には解体され粉々になっていたことだろう。

「祖父は望月さまから厳しく口止めされていたそうです。今回は約束をやぶってまでぜひお伝えしなければと思ったのですが、それはこの建物が予備校の寮として再利用されるとお聞きしたからです。望月さまはこれらの言葉をいつの日か然るべき時に悩める若者たちに伝えたがっていたと、祖父に伝え聞いていましたので……」

若い左官は武者小路親子に、「この壁の件は、どうか望月さまの意を酌まれまして、できれば上手に利用なさっていただきたいです」と深くその頭を下げた。

翌年の四月、ついに完成した京都駿台東山南寮に、各地から十八人の若い第一期生が集まってきた。安く設定した部屋代の割に満室とならなかったが、にぎやかになった寮の雰囲気を社長家族はおおいに喜んだ。若者のための「煉瓦の城」を作りたいと、長年父子が思い描いた夢だった。

それは同時に、直哉の寮監としての仕事の始まりでもあった。

多くは近畿、中国、四国、北陸方面の浪人生たちだったが、ひとりだけ遠く北海道出身の長身の男がいた。誰よりも細い眼で、姿形や動作が「カマキリ」そのものだったが、山崎と名乗っていた。

故郷の弟子屈では、山崎は大鵬に並ぶほどの誉れ高き秀才だった。けなげにも将来の地域産業興しを考えたのか、中学生のころから農学部志望だった。北海道大学に進むと思った親の期待を彼は裏切った。より入学が難しい京都大学農学部が山崎の第一志望校だった。ノーベル賞を目指すには北大や東大では決してダメで、彼の考えではどうしても京大でないといけなかったらしい。が、田舎の秀才山崎は人生初の落第を大学受験で経験した。

　純真なのか、タダのひねくれ者なのか、とにかくノーベル賞級の大きな夢を抱き、彼は東京を飛び越え新しくできたばかりの京都駿台にやってきた。京大を目指すには京都駿台がベストと考えたのかどうか誰も本人から聞いた者はいないが、おそらく東京の人混みに恐れをなしたのだろう。京大合格へは老舗の近畿予備校のほうが強かったが、駿台ブランドにひかれた単なる北国のミーハーだろうという確度の高い噂も寮内で流れている。

　ともあれ、山崎は東山南寮の記念すべき第一期生として、せまくて暗い部屋で浪人生活を始めた。そして、彼が人生初の恋に落ち、受験勉強をあわや忘れそうになる日々は、早くも四月中旬に訪れた。伝統なき東山南寮のできたばかりの掟の一つは「男女交際厳禁」だったが、寮のオーナーが開催した東山南寮と白百合短大女子寮の合同歓迎会で、不細工なカマキリはなぜか純真無垢な美しい一年生天地マリと禁断の恋に落ちた。

　彼は彼女との関係を誰にも悟られぬよう、窓もなくせまい三階３０９号室に引きこもって、一生懸命に受験勉強に励んだ。


　暑さ厳しき八月の夜、夏休みも帰省せず勉強を続ける山崎を直哉寮監は自宅へと招き入れた。それまでも幾人かの相談に親身に対応していた直哉だったが、自宅へ誘ったのは山崎が初めてだった。

「どうかね、山崎君。順調に成績は伸びているかい。君の志望校は確か京大の農学部だったよね」

山崎の成績は、天地との隠れた交際のためか、あるいは地頭のせいか、実は本人が期待するほど伸びていなかった。

「まだ確実圏内には少し足りないです」

「だったら必死にかんばらなきゃね。ところで京都の街は好きかい」

普段は無口な山崎だったが、オーナーでもある寮監の言葉にはちゃんと返答している。彼のどこにそんな素直さが隠れていたのかといぶかるほどだが、何かが琴線にでも触れたのであろうか。

「実家の道東とはまったく違いますからね。この建物ができたころには人口わずかな開拓村だった場所で、今でも自然豊かで美しい風景が広がっています。故郷とは正反対ですけど、歴史ある京都の街は好きです。いろんな新しいものが産まれた街ですし。この赤煉瓦の建物も気に入っています。できた当時は、日本一の何かだったんですよね」

「そうだね、日本で最初の本格的タバコ工場だった」

「日本初っていう陰には、誰かの必死のがんばりが隠れているものですよね。そんな創業者の知恵とか意志とかも、北海道開拓民のがんばりと何だか共通する気がします」

直哉は普段とまったく違う山崎の表情と饒舌さに驚いていた。

「京大を卒業したら、故郷の農業振興などを君はしたいのかい」

「そんな気持ちも少しはありますが、それなら北大でも別にいいんです。これからの農学は化学や遺伝子工学なども駆使した高度な科学分野に発展すると思います。なので、まだ卒業してからどの分野に進み何を専攻するかは全然決めてません。とにかく憧れの京大で学んで何かを新しく生み出せるような人間になりたいですし、チャンスがあれば広く世界を見てみたいです」

直哉はうれしそうな眼で山崎を見ていた。

古い建物を父親と相談して予備校の寮に再利用すると決めた時、夢を抱いて難関大学に挑み、できれば世界に羽ばたきたいと願う若者たちにこそ利用してほしいと期待していたのを思いだす。

何とすでにそんな意向に沿う若者が一期生の中に、しかも遠く北海道から来てくれていたとは……。直哉は駿台からの依頼を無下に断らなくてよかったと改めて思った。

直哉自身は浪人生活の経験もなく、京都市内の私大文学部仏文科を平凡な成績で卒業した。政治にも金儲けにも距離を置いて、生粋の京都人らしい生活を楽しんできた。京都女子大を卒業した幼なじみの佐知子と若くして結婚し、一男一女にも恵まれた。洋装店の二代目となったが、子どもたちが巣立ってしまうと、金銭欲がない直哉にも生き甲斐を求める気持ちが次第に芽生えだした。

京都での親代わり、年の離れた兄貴、親戚の叔父さん、そしてアパートの管理人。そんな役割の予備校寮の寮監など直哉には初めての経験で、確かに大変だが楽しくもあった。

何となく自分の性格に合うように思えたものの、受験勉強や進路の相談に乗ってやれないもどかしさを常に感じてもいた。多くが京大や東大や医学部を目指していたから、悩みごとが勉強そのものの場合、直哉はお手上げ状態だった。それゆえ、寮監生活がスタートして数カ月もしないうちに、早くも次年度から誰かに東山南寮の寮長を自分の代わりに任せたいと考えるようになっていた。

夏期講習も終わった八月下旬、直哉は帰省せず居残っている山崎を再び自宅に招き入れた。

「とうとう帰省はしなかったのかね」

「遠いからですね。けっこうお金もかかるし」

天地と会うため居残っていることを、彼は絶対に隠したかった。

「弟子屈だったかな、確かに遠いね。それで、合格ラインには届きそうかい」

「まぁ何とか。確実圏までもう少しです」

「そうか、順調じゃないか。安心したよ。私としては、寮の一期生全員が第一志望に見事合格してほしいからね」

直哉は、かねて考えていたことを提案してみることにした。

「ねぇ、山崎君。相談というか提案というか、実はお願いがあるんだよね。誰でもいいじゃなく、ぜひ君にお願いしたいんだよ。ちょっと話を聞いてくれるかな」

山崎は驚いて細い眼を見開いたが、相変わらず細いままだった。

「何でしょうか。寮費を値上げすると言われたら困りますが」

「いや、その逆だよ。寮費はタダにする。食費もタダにする。だから私のお願いを聞いてくれないか」

「だから何なのですか。タダより怖いものはないと、子どものころから親父に何度も聞かされました」

「悪い話じゃないと思うよ。君が京大に無事合格した後の話さ」

「娘さんと結婚して京洛テーラーを継げと言われたら困ります。京都では未来の先進的な農業へ挑戦できないし、卒業後は世界へ飛び出すかもしれません。何より、僕には好きな人がいますから」

「娘との縁談じゃないから安心しなさい。しかし、そんな細い眼をしてて、山崎君もなかなかモテるじゃないか」

「眼の話は大きなお世話です。親の遺伝だからしかたないので。それよりいったい何のお話ですか」

「話というのはね。実は、今年初めて寮監をやってみてるけど、私自身は受験勉強を熱心にやったことないんだよ。浪人生活も寮生活も経験ないから、君たちのような難関大学を目指す浪人生のよき相談相手にはなかなかなれないし、信頼を得るのも簡単じゃない気がするんだよ」

「確かにそうかもしれませんが、寮監の悪口を言う奴はひとりもいませんよ」

「そりゃ誰も口には出さないだろうけど、内心はわからない。とにかく、寮監には難関大学に合格経験がある人が好ましいと私は最近とても思うんだよ。だから一期生の中でもし誰か適任者が見つかれば、来年から寮監というか、私の代わりに寮長を任せたいと思ってるんだ」

「そうなんですか。それで、適任者は見つかったんですか。えっ、まさか……俺ですか」

直哉は山崎の細い眼を見ながら、無言で大きく一つうなずいた。

「来年こそ君には京大に合格してもらって、二期生や三期生の受験勉強や浪人生活の相談相手になってほしいんだよ。よき伝統の始まりを築きあげてほしい。そのためには、寮長は全国から集まる寮生たちのいい手本であってほしいというか、目標となるいい先輩であってほしいと思うんだよ」

「なるほど、確かに。最初の数年で東山南寮の存在価値を確立させたいのですね」

「そう、そんな感じで駿台生が憧れるすばらしい寮にこの東山南寮をぜひしたいんだ。京大や北大にもあるよね、何とかと言う有名な寮が。相当古びた伝統のある寮らしいが、ここは明治の建物だし、古さなら負けてないから」

「あれは汚ならしい寮を好むヘンチクリンな連中が集まってるだけで、勉強には集中できないですよ。まぁ、社長の気持ちはわかりました。もし俺が寮長をやるなら、部屋代も食費も無料で広い寮長室に住めるという意味ですか。本当に全部がタダなんですよねぇ」

「そういうことだ、約束する。もちろん、他に給料を少しだけど出せるよ。家庭教師などのアルバイトを全然しなくていいくらいにはね。いろいろと考えてみると成績優秀な山崎君が一番適任じゃないかと思うし、ぜひ来年の寮長をやってくれないだろうか。何年でもいいよ」

　山崎は細い眼をさらに細めて考え込んでいる……ように見える。

「いいお話のようですが、突然なので驚いています。すぐには決められないので、少し考える時間をもらえないでしょうか」

　山崎の気持ちはすでに決まっていたが、お金にひかれたと軽く思われたくないので即答を避けた形だ。好条件だし、女子寮で暮らす天地と今後も身近に暮らせるという何よりの理由もあり、山崎に断る理由はまったくなかった。


　しばらくして、京都の街が秋色に彩られる季節になった。東山南寮の周囲は町家ばかりで街路樹や奥まった庭の紅葉もあまり見かけないが、駿台への行き帰りに眺める紅葉は寮生たちの寝不足の眼も楽しませてくれる。

　辺りに夕暮れが迫るころ、直哉が自室で勉強に励んでいる山崎のもとを訪れた。赤い廊下のカーペットは色鮮やかだが、秋の夕暮れの個室の中は直哉の想像以上に暗かった。どうやら両隣の寮生は外出しているようだった。

「山崎君。どうだい、勉強は進んでいるかい。今日は日曜日で夕食をどうするのか知らないけど、もしよかったら後で我が家に来ないかい。家内が夕食を多めに作ったから、山崎君も一緒にどうかなぁと思って。今夜はおいしそうなのができてるみたいだよ」

山崎は勉強の手を止め、参考書から顔をあげて、糸みたいに細い眼を社長に向けた。最初はきょとんとして無表情だったが、それが夕食の誘いだと気がつき、無精髭が生えた顔の下半分がニコッと笑った。

「ありがとうございます。何時ですか」

「そうか、よかった。七時でどうだろう。でも他の連中には内緒にしておいてくれよ」

「わかりました。その前に銭湯に行ってから、七時にお宅に行きます。今日はものすごく腹が減っているので、よろしくお願いします」

そういうと、山崎は再び机の上の参考書に眼を落した。

山崎の故郷に比べると遅く京都の陽は沈むが、それでも晩秋の夕暮れは早い。ひんやりする空気の中を銭湯から戻る先に東山南寮の建物が赤くそびえ、屋根の上には赤い大きな満月が浮かんでいる。ほんのり明るく寮の明かり取りが屋根の上に高く突き出して見えるが、そこは実は四階に相当する高さだった。個室が並ぶ三階部分にはどう探しても窓は見えない。外に窓がないのは当たり前だが、知ってはいても不思議な建物だと山崎は改めて思った。

銭湯でサッパリした山崎は、小綺麗に着替えて夜七時ちょうどに武者小路家の扉をノックした。

待ちかまえたように扉が開き、直哉が山崎を笑顔で出迎えた。質素とも言える玄関には、祖父の時代からの年代物の装飾品が棚や壁を飾っている。そこは寮の二階部分との行き来を考えてしつらえてある出入口で、客を招き入れる武者小路家の本来の玄関ではなかった。

　山崎は一階の客間ではなく、二階の茶の間に通された。隣の台所からはおいしそうな匂いが漂ってくる。そこには直哉の父で先代社長の篤が年代物の茶革の長椅子に座っており、山崎の姿を見ると右手を軽くあげて歓迎してくれた。

「君が北海道からはるばるやってきた山崎君だな。直哉からよく君の話を聞いているよ。とても真面目で、かなり成績もいいらしいね。京大の農学部志望だとか」

「そんなにほめられると困ります。こんばんは、社長のお父さんですよね。この建物ができたころは小学校に入学されたばかりだったと社長からお聞きしました。創業者の望月吉兵衛さんからずいぶんとかわいがられたそうですね」

「そうなんだよ。建築当時は幼かったから吉兵衛さんはそれほど覚えてないが、亡くなる大正の終わりまで実の子どものようにかわいがってくれた記憶は残ってますよ。すばらしい実業家でね。夢があって新しもの好きで、いくつになっても挑戦の気持ちを忘れない人だった。戦後にこの建物が大蔵省から払い下げになる話を聞きつけて、すぐに買いたいと申し出たんだよ。長く使用されてなくて廃墟みたいだったけど、ここは私にとっても思い出の建物だったからね」

「そんなご縁があったんですね」

「最初は特に利用の当てはなかったんだが、ぜひ京都に残すべき大切な建物だと前々から思ってたしね。それに、いずれは全国から京都に集まる若者たちのために何か有効利用ができないかなとも思っていたんだよ」

「へ～、そうなんですか。いいことですねぇ」

「私立大学や企業の寮にしないかという話をいくつか先にもらってたけど、駿台が東京以外に初めて予備校を開設するので、男子寮にしたらどうかとの提案があってね。私としては、遊んでばかりの大学生より、悩みながら受験勉強にいそしむ若者たちにいい環境を提供したいと思い即答したんですよ」

「なるほど。そうだったんですね」

「それに、吉兵衛さんと仲良しだった父から、吉兵衛さんも未来ある若者のために何か役立つ貢献をしたがっていたと聞かされていたんですよ。彼は悩める若者たちの努力を陰ながら支えたいと願っていたそうです。そんな理由などもいろいろありましてね」

そこへ社長夫人が料理したおいしそうな御馳走が直哉の手で次々に運ばれ、食卓の上にところせましと並び始めた。

「どんどん食べてくれよ。佐知子の手料理は最高だから」

おいしそうな匂いに、山崎のおなかがグ～ッと大きく鳴った。篤と直哉が笑うと、山崎も細い眼をさらに細めて一緒に笑った。

「ところで、この前の話なんだが。来年の寮長を引き受けてくれないかという話。山崎君、よく考えてくれたかね」

山崎はこの件を今日も銭湯で考えていた。ずいぶん前に答えは出ていたが、受験勉強に集中していたので返事するのを忘れていた。その後も天地との関係は続いていたし、京大の合格確実圏内にも入りだしたので、寮長を引き受けるのに大きな支障は何もなかった。

「その件ですが、僕でよければお引き受けしようかと思います」

テーブルに着いた佐知子もうれしそうだった。

「直哉さん、よかったわねぇ。立派な大学を目指す寮生たちの面倒をひとりで見るのは荷が重いんじゃないかしらと、実は私も思っていたのよ」

「その通りだ。ほっとしたよ」

「山崎さんのような優秀な京大生に代々寮長をやっていただき、直哉さんは寮生の父親代わりとして専念するほうが絶対にいいわ」

父親の篤も大きくうなずいている。

「直哉は一流大学受験とは縁がなかったからな。山崎君にお願いできたらきっと気持ちが楽になるぞ」

うれしそうな直哉に、山崎は真面目な表情で質問した。

「もう一度おたずねしますが、お給料もいただけるんですよね。寮生の門限時間も寮長ならやぶってもいいんですよね」

「以前に話したように、お給料はありますよ。食事も部屋代もタダで、アルバイトしなくても思う存分勉強できますよ。研究とかで遅くなることもあるだろうから門限は気にしなくてもいいけど、寮生に悪影響が出ない範囲でお願いしますよ。山崎君なら心配いらないだろうけど、寮長室に彼女を連れ込んじゃダメだよ」

「今はオシャレや女性に関心ないでしょうけど、山崎さんは長身でスマートだし、天下の京大生だからすごくモテるようになりますよ。合格祝いに京洛テーラーでスーツを新調して差し上げましょう。ねぇ、あなた」

「あぁ、それは思いつかなかった。いい考えだねぇ」

山崎は天地とのことを直哉と佐知子に気づかれているのではないかと少し心配になったが、あえて何も言わなかった。

食事がすむと、直哉が山崎を寮長室まで案内しようという。直哉が席を立ち上がると、なぜか懐中電灯を手に、先ほどの入り口ではなく奥のほうへと歩きだした。不思議な気持ちを抱きながら、山崎は直哉の後に黙ってついていく。

木製の扉の前で直哉が振り返って山崎に話しかけた。

「この扉の向こうは通路になっていて、奥の扉の向こう側が寮長室だ。来年、君が寮長室で暮らすようになれば、この扉に鍵をかけるから我が家へは来れないが、今の私はこの通路を行き来している。さぁ、行ってみよう。暗いから足元に気をつけてくれ」

直哉が手にした懐中電灯の明かりを頼りに通路に入ると、数メートル先にも木製の扉が見える。右手の壁は板張りのようだが、北面になる左側は全面が煉瓦の壁のようだ。

直哉は奥の扉を押し開いて、寮長室の中へと山崎を案内した。

「へ～、寮長室はこうなってるんですね。二部屋もあって、案外と広いですね。なかなかいいなぁ」

「ここは春になったら君の部屋になる。今の君の部屋に比べたら確かに天国だよね」

山崎は細い目で来年の自分の部屋を見渡しながら満足げだった。

「さぁ、そろそろ我が家に戻ろうか」

山崎が通路への扉を先に開けようとすると、あわてたように直哉が背中から呼び止めた。

「もう一つ、君に伝えておくべき大事なことがあってね。驚かないでほしいんだけど、通路の右側の煉瓦の壁をよく見てごらん」

直哉は山崎を先に進むよううながして、自分は懐中電灯で煉瓦の壁を照らしながら後に続いた。

「この壁に何かあるんですか。俺には何も見えませんが。あっ、何これ。銅板みたいなのに何か文字が書かれてますねぇ」

銅板のように思えたものは、淡い色で書かれた文字が並ぶ縦長の陶製の薄い板だった。煉瓦の壁にはめ込まれたように見える。

それを細い眼で見つめる山崎の肩越しに、直哉が懐中電灯で壁を照らす。すると、陶板を囲むように、四つの淡く光る金粉の模様が四隅の煉瓦にぼーっと浮かび上がった。何か文字のようでもあった。

次第に暗さに眼が慣れてきた山崎が、小さく驚きの声をあげた。

「これ、板の四隅にあるのも明らかに文字ですよね。ぼんやりですけど、志、勇、挑でしょうか」

「そうだね。左下には、進という文字も書かれているね。私も父と一緒にこれを最初に見た時はすごく驚いたよ。実はまだ妻にも話さず秘密にしているんだけど」

「へ〜、これは煉瓦に金粉を練り込んでいるんでしょうか。それとも筆で塗りつけたんでしょうか」

「さぁどうだろう。私にはよくわからないが、寮に改装する時に偶然これを発見したんだ。ある左官に教えてもらってね。暗いと気づきにくいが、懐中電灯を煉瓦に当てると文字が浮かんでくるんだよ」

志、勇、挑、進という字に、山崎は誰かの意志を感じていた。

「この陶板に書かれた文章は読めるかい」

山崎は文字を指でなぞりながらゆっくり声に出して読んでみた。

「最後に、明治三十六年七月、工場再建に際して望月吉兵衛って書かれていますね。あの人ですよね」

「そうだよ、この建物を建てた吉兵衛さんだ。これは火事の後で再建した時の陶板だろうね。よくこの辺を見てごらん。四隅の文字の辺りだけ煉瓦の色が少し違うのがわかるかい。おそらく他とは別に焼いた特別な煉瓦じゃないかと思うんだ。きっと煉瓦に金粉を練り込むか何かして」

「なるほど。確かにそうかもしれないですねぇ」

「実はねぇ」

直哉は、そう言うと一息ついた。山崎が細い目で直哉を見る。

「満月の夜にここを通ると、淡い光のようなものと、何とも言えない変わった音がきこえるのを夏の終わりころに気がついたんだよ」

「それって本当ですか。もしかしたら、創業者の吉兵衛さんの亡霊が満月の晩にここに降りてきて現れるんじゃないんですか。彼は何か満月と関係があるんでしょうか」

「この壁を私に教えてくれたのは、建築当時にひそかに作業した腕利きの左官の孫らしいんだが、彼の家は代々左官らしくてね。他に誰も知らない壁の言い伝えがあったらしいんだ」

「何なんですか」

「どうも全焼したのは満月の晩だったらしくてね。燃える工場を眺めながら、吉兵衛さんはすぐにさらに立派な建物を再建してみせると強く心に誓ったらしいんだ」

「望月って、確か満月の意味ですよね。へ～、望月の夜の誓いなんですね。この六行目の、願わくは未来人の先達となり、夜を照らす満月と成らんって何ともカッコいい言葉ですねぇ。そう言えば、今夜は満月ですよ。さっき銭湯の帰りに赤い満月を見ました」

「そうだねぇ。何か聞こえてこないかい、山崎君」

山崎は少し緊張して耳を澄ました。

「音というより、何か波動みたいなのを全身で感じます」

「そんな感覚だよね。淡い金色の光と不思議な波動に包まれながら煉瓦に描かれた四文字を読むと、中年になった私ですら前向きな気持ちになれる。感性豊かな若い人たちならなおさらだろう。何だかたくましい吉兵衛さんが悩んでる弱い自分に語りかけてくれてるような気がしてね。きっと悩みや迷いも、この壁を前にしたら晴れるんじゃないかと最近思うようになったんだよ」

山崎は黙ってじっと壁の文字を見つめていた。

「君を来年の寮長にと見込んで、今夜ここに連れてきた。もし誰か将来を悩んだり苦しんでる寮生がいたら、今度は君が寮長として後輩をここに誘って何とか導いてあげなさい。それが唯一の私からの申し送りだ。他の寮生や部外者にはいっさい秘密だよ。親にも恋人にも決して教えないように。いいね。頼んだよ……」

山崎が直哉のこれほど真剣な顔を見るのは初めてだった。

「寮長同士の約束だ、必ず守ってくれるよね」

山崎の顔から、さっきまでの笑顔は消えていた。まるで宇宙人に遭遇したかのような顔をして、彼は暗い空間で陶板を見つめながら小さくうなずいた。

茶の間に戻ってきた山崎の顔色を見て、佐知子は驚いた。

「どうかしたの、山崎君。まるで幽霊でも見たような顔をしているわよ。古い建物だけど、さすがにおばけは出ないから安心しなさい。それとも、気が変わって寮長になりたくなったのかしら」

佐知子の言葉にも山崎はまったく表情を変えない。直哉が肩を軽く叩くと、ようやく山崎は我に返った。「寮長同士の約束だ」と、暗い通路で直哉から聞いた言葉が耳から離れなかった。

三階の自室に戻った山崎は、書かれていた文字とともに、通路で感じた何となく奇妙な雰囲気を思い返していた。とにかく初めての感覚だった。確かに誰かもうひとりそこにいたような気配だった。まさか本当に吉兵衛の亡霊なのであろうか。半世紀前に亡くなった彼は満月の夜にだけ通路に現れるのだろうか。直哉が山崎を自宅へ招待して寮長室へ案内したのは、今夜が満月の夜だからなのか。

志、勇、挑、進……。

「若者よ。大志を抱き、勇気をもって、高みに挑み、前に進め」とでも、明治に生きた吉兵衛に檄を飛ばされている気分だった。

不思議と前向きの気持ちが次第に山崎にわいてきて、凍りついたような表情も穏やかに戻ってきていた。

この日この時、東山南寮３０９号室で暮らす山崎の運命はごろりと大きく変わりだした。

第五章　山頂の墓

昭和五十三年　七月

夏期講習期間となるため七月中旬で前期が終わるが、その直前に全国模擬試験が行われた。京都に来てすでに百日が経過したのに、今も文系か医学部か悩み続ける澤田の成績が思うように上がらないのは当然だった。

前期最終日に澤田は担任の天地から教務室に再び呼び出され、見たくもない成績表を見せられた。

「澤田君、いったいどうしたの。春からほとんど成績が伸びてないようだけど。特に数Ⅲが全然よくないわね」

国立医学部コースで担任をしている天地は、気になる浪人生を呼び入れ、個別に時々面談をしていた。

「自分でも気になってはいますが、なぜかわかりません」

「ホントに理由は思い当たらないの、澤田君」

本当はいくつも理由を思いつくのだが、天地と話しても無駄に時間を費やすだけのような気がして、あえて澤田は言いわけをしなかった。

「もしかして、まだ志望を全然しぼりきれていないんじゃないの。澤田君と親しい生徒から聞いたわよ」

「……」

「それに、気になる女子がいて授業がうわの空になってないかしら。澤田君は男子校だったわよね。年ごろだから無理もないけど。でも、この一年間だけは女性のことは考えずに勉強したほうがいいわよ」

誰から聞いたのか知らないが、図星だった。澤田はうつむき、困った時の癖なのか、手を顔に当てて口元を触っている。少しでも早くこの場を離れたいが、うまく言葉が出てこない。

「もう前期も終わるけど、このままだと昨年受験したレベルの志望校に合格するのは今年も厳しいかもよ。まだ決して遅くないから、ここからは勉強だけに集中してがんばるのよ、澤田君」

「はい、そうですね」

澤田は天地から眼をそらし、小さく頭を下げた。

「夏期講習の前に、一度故郷に帰ってご家族と会ってきたらどうかしら。そろそろ志望校も文系か医学部かちゃんと決めないと本当によくないし、後期になったら受験まであっという間よ。迷っている余裕なんかないわよ」

「わかっています」

「厳しいこと言うようだけど、女子と勉強の話はいいけど、交際とかは今は我慢しなさい。わかるわよね」

澤田は無言で数回うなずいて、その後にひと言「はい」と言ってゆっくり立ち上がり教務室を後にした。

外はまだ陽が高く、じっとしていても汗ばむ陽気だった。木陰を選びながら自転車で東山南寮へ帰る途中、御池通から木屋町通に入った辺りで数枚のはり紙が澤田の目に留まった。四条に近づくと同じはり紙がまた次々に数枚目に飛び込んでくる。

何なのだろうと、澤田は自転車を歩道に止めてそのはり紙を読んでみた。それは「宵々山コンサート」と書かれた案内ポスターだった。

七月十七日の山鉾巡行が祇園祭で、前夜に街角で繰り広げられる祭りを宵山と思っていたが、宵々山とはいったい何だろう。ポスターを読むと、円山公園野外音楽堂というところで十五日に野外コンサートが開催されるようだ。

澤田は出演者の永六輔の名やナターシャセブンの歌もラジオの深夜番組で聞いたことがあった。福岡に帰る前日だが、ききにいってみようか。時には浪人生にも息抜きは必要だろう。そう勝手に思いながら、酒臭い木屋町通を南に向かってまた走りだした。注意されたばかりというのに、なかなか受験に集中しきれない澤田だった。


澤田の部屋は、案外と夏の暑さはあまり気にならなかった。直射日光が射し込まないからであろうか。風呂もないのにクーラーがあるはずもないが、少しさびついた扇風機があれば十分だった。

むしろ問題は暗さのほうで、昼なお雪隠並みに暗い部屋は成績不振者の気分をいっそう滅入らせ、うたた寝を誘いがちだ。ついには老人のように昼夜逆転におちいり、次第に予備校に通う気力さえも薄れていく。出欠も取らない予備校をサボることは容易なことだった。

そんなわけで、予備校が休みの日には気分転換を兼ねて、澤田は昼寝防止と運動不足の解消にひとりで時々ジョギングに出かけるようにしていた。

なぜか行先はいつも同じ。東大路通から東に向かう通称「女坂」を軽くジョギングしながら登っていく。妙法寺門跡の美しい練色の筋塀がこの付近を品よくしている。はるか坂の先に望む豊国廟の参道でもあるため、車が少ない広くて静かな通りだった。

　季節外れの分厚いグレーの長袖トレーナーの胸には卒業した高校の紋章があり、紺色の短パンと、白い靴下にプーマの青いスニーカーが澤田の定番の運動姿だった。おしゃれさとはまるで無縁で、誰がどう見ても田舎の高校生だとすぐにわかった。

　大量の汗でトレーナーの色が濃く変わり重くもなるが、炎天下にしたたる顔の汗が澤田には何ともいえない快感だった。

　真夏の日曜日の女坂には制服姿の人波はなく、時々大人びた私服の女子大生と思しき女性が歩く姿を見かけるくらいだ。

　陽が高く昇り暑くなりだす朝十時ごろ、幾重にも蝉の声が響き渡る女坂に、スラリとした長い黒髪の女性がよくひとりで歩いて現れる。なぜかそのまわりだけが輝き、彼女の姿を見かけるたびに澤田は胸の鼓動を感じていた。動悸は決して坂道のせいだけではないようだ。

　淡い色の薄手のブラウスと、自然色のスカート姿のことが多かった。顔も手も色白で、濃い赤や紺のパンプスを履き姿勢よく歩くその女性は、どう見ても澤田よりいくつか年上に思えた。かといって、高校や中学の先生にも見えない。祝日や日曜日以外の日は知らないが、彼女の大人びた雰囲気は大学院生なのかもしれない。

　最初は澤田の姿など目に入らないようだったが、いつも同じ野暮ったいトレーナー姿で彼女の横を追い抜いたりすれ違ったりするうちに、やっと彼女も気がついてくれるようになった。そんな真夏の休日を幾度か繰り返し、いつしか澤田は彼女に小さく会釈するような関係になっていた。

ある晴れた日曜日、女坂の中ほどにある大きな桜の木陰で澤田が休憩している時に、白い日傘をさした女性がそばで立ち止まり、優しい声で彼に言葉をかけた。

「こんにちは。よくお会いしますね。汗をたくさん流して運動するのが好きなんですか。気持ちいいですよね」

突然聞こえてきた彼女の落ち着いた声に、額の汗をふく澤田の胸が急に高鳴りだした。まわりには澤田以外に誰もいない。もう一度声の主に顔を向けるが、無性に口が渇き、何も言葉が出てこない。

「高校生、それとも大学生なのかしら。どちらの大学なの」

「ぼぉ、僕はそのぉ。予備校生なんです」

「あら、そうなんですね。よく日曜日にお見かけするからどんな人かしらと気になっていました。それにしても今日は暑いですねぇ。無理をすると、日射病になって受験勉強できなくなりますよ」

女性は優しそうな眼を細めてほほ笑んでいる。

「あのぅ。あなたは何年生なんですか。京都女子大生ですよね」

「私は大学院の二年生。国文科です。あなたは何学部を志望しているの」

「去年は医学部を受けました。でも、高二までは文系だったので、京都に来てから少し気持ちが揺れています」

ようやく澤田は話ができるまでに気持ちが落ち着きだした。

「思い悩むのは若者の特権だけど、予備校で志望が大きく揺れるのはどうかしら。最近の医学部受験ってすごく難しいそうですね。あなたは京都の出身ではないのね」

「はい、福岡県の柳川というところです。澤田ケンジといいます」

「柳川って、北原白秋の生誕の街ですね。すばらしい詩人よね。私は金沢出身なの。金沢出身のすばらしい作家も何人かいるわ」

「知っています。それに井上靖さんも金沢に縁がありますよね」

「くわしいのね、澤田君」

自分の名前を彼女の口から聞いて澤田はどきりとした。

「もっとお話ししていたいけど、もう私は大学に行かなくちゃ。運動も大事だけど、今は受験勉強も大事だからがんばってね。じゃあ、またいつかお会いしましょう。さようなら」

初めての感情に、澤田の口から思わず言葉が出た。

「あのぅ。もしよかったら、お名前を教えていただけませんか」

「私は片倉、片倉道代です。澤田ケンジ君」

彼女の微笑は大人びていて、どこまでも優しかった。

「さよなら、片倉さん」

坂を登って大学院の珊瑚色の校舎に入っていくまで片倉道代の後姿を見届けてから、澤田は急いで東山南寮に帰っていった。なぜか急に勉強したくてたまらなくなっていた。

気になっていた「第六回宵々山コンサート」を見てみようと、澤田は円山公園の野外音楽堂に初めて行ってみることにした。

八坂神社の南縁に沿うように東へ向かうと、石の鳥居を越えた左手に古い洋風建物が現れた。噂に聞く「長命館」だった。

東京へ進出した望月吉兵衛が京都の私的な迎賓館として建設したと澤田は聞いたことがあった。元タバコ工場だった東山南寮と豪勢な迎賓館では雲泥の差だが、なぜか親近感を覚えてうれしかった。他にも京都や東京に当時の建築が今も残され利用されているとも聞くし、京都に来るまでまったく知らなかった望月吉兵衛は、実はすごい実業家だったに違いないと澤田は感じ始めていた。

ねねの道へと右折すると、左手が目指す野外音楽堂だった。会場からはにぎやかで楽し気な音楽が溢れ出し、大歓声や笑い声も聞こえてくる。甲高く高揚した声は永六輔さんに違いない。宵々山コンサートの司会も担当していた。

当日券も売り切れていたが、会場周辺でも底抜けに楽しい雰囲気が伝わってきて、澤田にはそれで十分だった。

ウキウキするような少ししゃがれた声の主は坂本九さん。独特な声色、軽やかにはずむテンポで「聖者の行進」をすごく楽しそうに歌っている。会場の外にいても、彼のあの笑顔が眼に浮かぶようだ。

次に流れてきたのは、ナターシャセブン。リーダーの高石ともやが歌う「街」は何度きいてもすばらしい。自切俳人やはしだのりひこや杉田二郎など、京都は故郷の福岡と同じく、若者の音楽が自然に生まれ育ちやすい街に違いない。

いつのまにか日もとっぷり暮れて、会場から永六輔さんの閉幕の挨拶がきこえてきた。明日は久しぶりに柳川へと帰る日だ。路地で立ち通しだったけれど、澤田は満足して余韻に浸っていた。

祇園祭山鉾巡行の前日、澤田は新幹線で福岡へと戻ってきた。約三カ月半ぶりだった。柳川への途中で立ち寄った博多の街では、祇園山笠の「追い山」が前日に行われ、すっかり真夏の明るさが街を覆っていた。やるせない浪人生の事情などにかかわらず、街の生活はいつもの年のように続いていく。

実家に戻ると、思いがけない言葉で母親が澤田を出迎えた。

「ケンジ。実はタローがね、二週間前に死んでしまってね」

予期せぬ話に澤田は一瞬耳を疑ったが、母の表情を見ると信じるしかなさそうだ。

「あなたが京都に行ってから毎日寂しそうに姿を探し回るようになってたのよ。でもそのうちあきらめたのかね、おとなしくなっていたの。しばらくはよかったけど、梅雨に入ってからは寝てばかりで。最後は全然食べなくなってね……」

母は死別の悲しさというよりは、気の毒そうな話し方だった。

「獣医さんにもずいぶんよくしてもらったけど。あなたは勉強があるから、帰ってくるまで知らせないでいたのよ。ごめんなさいね」

愛犬タローは澤田が九歳のころに飼い始めた黒のトイ・プードル。十歳になったばかりで、まさかこれほど早く死ぬとは思っていなかった。机の上に乗せて一緒に勉強するなど、澤田はタローをことのほかかわいがっていたので、知らぬ間に失ったショックは大きかった。

「タローが苦しまなかったならよかったけど。それでどうしたの、どこかに埋めたの」

「毛を少し切って取っておいたよ。遺体は、庭の西端に埋めたわ」

「そう、ありがとう。だったら、その毛を少しちょうだい。京都に持っていきたいから」

「いいわよ、仏壇に置いてるわ」

気がせいたのか、ケンジはすぐに座敷へ行き、仏壇からタローの黒い毛を居間に持ち帰った。

「残念だったけど、この先も苦しみ続けるよりよかっただろうね。タローも受験勉強のじゃまだけはしたくなかっただろうし」

それは家族みんなの気持ちだった。

その晩は、掘割の向こう岸にある畑で両親が毎年育てているスイカと唐きびや枝豆がところせましと食卓に並び、柳川名物の鰻の蒲焼など久しぶりの豪華な食事を祖母と妹も一緒に楽しんだ。

タローの愛くるしい姿が一緒に見えない寂しさはあるものの、澤田の語る京都の街や、一風変わった寮生活の話は誰にとっても興味深かったようだ。

「死んだら知恩院に分骨を頼んでおくれ」が最後の願いの祖母にとっては、予備校の話は全然わからなくても、京都の街で暮らすケンジがうらやましそうだった。知恩院とも縁が深い東山鹿ケ谷の法然院を訪れたことを祖母に伝えると、「私も一度行ってみたいと前々から思ってるのよ」と笑顔で話してくれた。

高一の妹からは、「よくそんな窓もない三畳一間なんかで暮らせるわねぇ。お風呂もないんでしょ。京都にもすごいとこがあるのね」と、驚く声しか聞かれなかった。

澤田は予定より早く、夏物の衣類が入った大きな袋を手に京都に舞い戻った。愛犬の遺髪も大切にたずさえていたのは言うまでもない。

　三日ぶりの東山南寮は、夏期講習前に多くが一時帰省して半数ほどしか居残っておらず、普段より静かな雰囲気だった。三日後には夏期講習が始まるので、もうすぐ全員が寮に戻ってくるはずだ。

　予備校が休みの期間は寮の食事は朝だけ提供され、夕食は各自で調達するか外食しかなかった。吹きさらしの洗面所横のガスコンロでインスタントラーメンを作って、炊いた鍋に入れたまま丼にも移さず、立ち話しながら食べることも多かった。

　澤田は京都に戻ってから愛犬タローの死がよりいっそう思い浮かぶようになった。死の際で一緒にいてやれなかった罪悪感だろうか。死と引き換えに受験勉強に打ち込まねばならない気持ちがより強くなり、生活は自然と今まで以上にストイックに変わっていった。


　夏期講習開始を翌日からに控え、澤田は朝九時ごろから女坂に向かった。いつもと違って、卒塔婆を真似た細長く薄い板と、タローの遺髪の包みを手にしていた。目指すは女坂の奥にある豊国廟。標高一九六メートルの阿弥陀ヶ峰の頂きに、豊臣秀吉を祀る立派な五輪の石塔がある。

　七月下旬の蒸すような暑い中、終わりが見えない五百段もの石段を澤田はリズムよく駆け上っていく。行き交う人はほんのわずかだ。両側からほどよい木立が幅広い石段を覆い、夏の強い日差しをさえぎってくれるが、それゆえさわやかな風もそこを通り抜けることはない。

　五月以来、月に何度か澤田はここへ登ってきていた。誰にもじゃまされない静かなお気に入りの場所だった。

足が小刻みに震えだすころに、澤田はようやく登り切る。テニスコート二面ほどもある山頂は平らに整備され、中央に大きな秀吉の廟が泰然と鎮座している。周囲を幅四メートルほど裸土のスペースが囲み、全体が石の柵で堅牢に囲われている。

雑木が生い茂り見晴らしは決してよくないが、秀吉が没した十六世紀末ごろは彼の願いどおりに都全体がよく見渡せる場所だったに違いない。今は北西の御所方面だけが少し視界が開けている。

雑木林の隙間からは、北に清水寺の舞台が真正面に見下ろせる。秀吉の時代よりはるか昔に建立された清水寺からも、真正面に位置するこの阿弥陀ヶ峰は特別な存在だったのであろう。かつて鳥葬の地だったことを含め、相互の位置関係は非常に興味深い。

澤田はその頂きから夏の風に頼んで、愛犬の遺髪を西に向けて吹き流してもらった。そして持参した「タロー」とだけ書かれた手作りの板を、目立たぬよう北西の隅に立てかけた。卒塔婆を真似た小さな板切れを墓標だと気づく人はおそらくいないだろう。澤田は手のひらを合わせ、もう一度その板に手をそっと触れてから、再び長い階段をゆっくりと下りていった。

女坂を下る途中、新日吉神宮の鳥居をすぎた辺りで、澤田は少し先に見覚えのある女性の姿を認めた。生い茂った緑の木陰を、白い日傘をさしひとりこちらに向かって歩いてくる。それは白いワンピース姿の片倉道代だった。

やや遅れて、彼女も坂を下りてくる澤田に気がついた。互いの顔を見ながらゆっくりと歩み寄る二人は、共に明るい笑顔だった。

「澤田君、お元気だった。今日も暑いわねぇ」

「道代さん、今日も大学院ですか。帰省はされないんですか」

「えぇ。来月には少し金沢に帰る予定だけど、今は研究課題の提出前で何かと忙しいのよ」

「専攻は国文科でしたよね。専門は何ですか」

「古典文学よ。主に『源氏物語』ね。澤田君は全体を通して源氏を読んだことあるかしら。すてきな物語なのよ。受験用だと一部しか普通は読まないでしょうけどね」

「そうですね。高校の古文でもいろいろ読むけど、全編を授業で読むのは『更級日記』みたいな短いのだけですね。『源氏物語』って、実は恋愛小説なんですよね」

「そうね、大人の恋の物語かなぁ。受験生には少し刺激が大きすぎるから、大学生になってから読めばいいわ」

「そうなんですか」

「澤田君の故郷の白秋の『邪宗門』もすてきな官能詩集ね。私の故郷の室生犀星も若き白秋の『邪宗門』にはすごく驚いたそうよ。彼の『性に目覚める頃』っていう小説にも『邪宗門』に熱狂する金沢の若者が登場するわ。何しろ二十四歳、私と同じ年ごろに、あれほどの新鮮な表現に満ちた初の詩集を刊行したのだから。でも、いくら読書好きな澤田君でも、しばらく恋愛物はお預けね」

「道代さんは古典以外もくわしいんですね」

「そうでもないわ。澤田君はもしかして、あの山頂まで登ってきたの。若いし男の人だから体力あるのね。私は数年前に一度登っただけ。途中で何度も立ち止まって休憩したわ。下りてくる時には足がガクガク震えてしまって……」

「上のほうはすごく急ですし、けっこうな階段ですからね」

「秀吉は大阪のイメージが強いけど、実は京都のほうが好きだったんでしょうね。澤田君は福岡に一度くらい帰ったの」

「数日前に帰りました。宵々山コンサートの翌朝に」

「あら、宵々山コンサートには私もお友だちと一緒に行ったのよ。澤田君も宵々山に興味があったのね」

「行ってみたけど、当日券も売り切れで。だから会場の外で終わりまで立ってきいていました」

「そうだったのね。残念だったわね。それで、柳川のご実家はどうだったの。みなさん、お元気だった。京都のお話をしてあげたの」

「それが、帰る二週間前に愛犬が病気で死んでしまってました。僕の受験勉強のじゃまにならないように、死んだことを誰も京都まで知らせてくれなくて。だからショックで、京都に早めに戻ってきました。さっき山頂の片隅に、小さな墓標を立ててきたんですよ」

「そうだったの。それは悲しいわね。よりいっそうお勉強がんばらなくっちゃね」

「そう思います」

「ごめんなさい。今日も少し急いでて、時間がないから私はもう行くわ。暑いから無理しちゃダメよ。またお会いしましょう」

澤田は片倉にほほ笑み返し、女坂を駆け下り寮へと戻っていった。

寮に戻ると、左向かいの若槻の機嫌があまりよくないようだ。数日前に徳島に帰省した際に、父親といろいろともめたらしい。いろいろと言っても、浪人生のいろいろは成績不振と志望校のことが主になろう。

彼の実家は徳島で開業医をしており、先に医学部に進んだ兄が継承するはずで、次男の若槻は本来なら自由な身分だった。すでに二浪していたが、どうしても地元の徳島大学医学部にこだわっている。

両親としては、地元でなくていいから三浪は避けさせたかったのだろう。若槻の自尊心を傷つける言葉を帰省した際に思わず父親が言ってしまったらしい。

その夕方、若槻が食堂の片隅で山崎寮長から何か言われている様子が数人の寮生たちに目撃されていた。

「そろそろ銭湯へ行こうか、若槻」

いったんは三階の自室に戻ったらしい若槻を、ノックしながら澤田が銭湯に誘ったが返事はなかった。他の部屋にいるかもと少し探してみたが、なぜかどこにも探せなかった。

「若槻はカマキリにつかまえられ、今ごろ食われてるんじゃないの」

「寮長室にカマキリと若槻が一緒に入るのを見たよ」

二階の寮生たちからそんな目撃談が舞い込んでくる。

「いつになるかわからないし、俺たちだけで先に行こうか」

片山が他の銭湯隊員に声をかける。

「若槻、どうしたんだろうね。まぁ悪いことなどしてないだろうから、カマキリに食い殺されたりはしないだろ。先に行こうか」

澤田たちが寮から少し涼しくなった外に出ると、東山連峰の上にふんわりと真夏の満月が浮かんでいた。

第六章　東山の炎

昭和五十三年　八月

中学から男子校で育った澤田にとって、女子と机を並べて勉強するのはかなりの勇気を必要とすることだった。同じ国立医学部コースの松本恵子とは夏期講習でも近くの席になることが多かったが、休み時間に時々勉強に関して短い言葉を交わす程度の間柄だった。ショートヘアで少しボーイッシュな彼女は、伏見桃山の実家から二条城そばの駿台へ電車通学しているという。

夏期講習は、お盆期間の十四日から三日間の休講になる。澤田は十三日の昼休みに、たまたま隣に座った松本に初めて勉強以外のことで話しかけてみた。

「松本さんは、最初から医学部志望だったの」

緊張しながら話す澤田の心配をよそに、松本恵子は嫌そうな顔もせず質問に笑顔で答えてくれる。

「父が外科医で、一昨年までは大学病院にいたんだけど、今は大阪市内の公立病院の外科部長なの。別に医師になれとは今まで一度も言われたことないけど、小さいころから父の働く姿に憧れてて、何となく自然に……」

「まさか松本さんは外科医志望なの。女性なのにすごいね。文系とか考えたことなかったの」

「私は女子高だけど、最近は女性でも理系や医学部を目指してる人がずいぶんと増えてるのよ。高校生になってからは、文系は考えたことはないかな。まだ何科に進みたいとか全然決めてないけど、やっぱり父と同じ外科医には憧れるわ」

「どこの医学部を松本さんは目指してるの」

「そうねぇ。私は関西からあまり離れたくないの。でも、阪大とか京大の医学部は私には到底無理だし、私立は経済的に厳しいいし」

「だったら、どこ志望なの」

「第一志望は京都府立医大だけど、奈良医大や大阪市立でもいいかな。二浪は絶対したくないから、関西で受かりそうな国公立の医学部ならどこでも行くわ」

いまだに文系か医学部かフラフラ悩んでる澤田は、具体的に将来を考えている彼女をすごくたくましく感じて、次第に魅了されていった。もっと彼女と何でもいいから話を続けたいと思った。

「ところで、明日から三日間お休みだけど、松本さんは何か勉強以外で用事とかあるの。実家暮らしでしょ。お盆はお寺とかお墓参りとかするの」

「今年は受験だから、墓参りも行かなくていいって親は言ってるけど、やっぱり毎年欠かさず家族そろって行くからね。天気も悪くなさそうだし、きっと家族で一緒に行くと思うわ」

「お墓は伏見にあるの」

「いいえ、東山よ。銀閣寺は澤田君も知ってるでしょ。銀閣寺の南に法然院ってお寺があるんだけど、きっと知らないよね。修学旅行とかでは絶対に行かない寺だから」

「そこなら知ってるよ。春に京都に来て最初の日曜日に偶然立ち寄ったら、谷崎潤一郎のお墓にきれいな桜が咲いていた。あそこに松本家のお墓があるの」

「あら、行ったことがあったのね。いい雰囲気のお寺でしょ。毎年お盆や春秋の彼岸に行くんだけど、何だか気持ちが落ち着くの。森の自然と人々の暮らしの境に凛とした雰囲気が漂うっていうのかな」

「確かに、そんな感じだった。いくら有名なすごいお寺でも、観光客が多すぎるのも何だかねぇ」

「あの墓地から如意ヶ岳に登れるのよ、大文字送り火の山。燃やす火床のところからの展望はすばらしいのよ。京都の街や北山も西山も一望できるの。京都御所や吉田山が緑の島のように浮かぶのも印象的だし、冬や雨あがりで空気が澄んでると、大阪の街まで見えるのよ」

「へ～、ホントなの。登ってみたくなったよ」

「明後日、十六日の夜が送り火よ。テレビでしか見たことないでしょ。実際に眺めると幻想的ですばらしいのよ。じっと眺めてると燃え盛る音まで聞こえてきそう」

「パチパチと燃える音が聞こえるの」

「やだぁ。聞こえるはずないでしょ。澤田君っておもしろいのね」

照れながら、澤田はダメでもともと、松本にたずねてみた。

「僕と一緒に送り火を見てくれませんか。ぜひ見たいんです。できれば松本さんと一緒に」

松本は驚いたような表情も見せず、澤田にあっさりと答えた。

「いいわよ。久しぶりに私も送り火を見てみたいわ。何年ぶりかしら。でも澤田君、京都では特別な晩よ。私なんかでいいの？　誰か他に一緒に行きたい人がいるんじゃないの？」

澤田は片倉道代のことが一瞬思い浮かんだが、眼の前の松本恵子ともっと親しくなりたいと、首を強く横に何度も振った。

松本は図星をつかれたかのような澤田のしぐさを見て笑っていた。

「じゃあ、京阪電車で来るから、三条京阪駅の改札を出たところで夜七時に待ち合わせしましょ。もし二十分待っても澤田君と出会えなかったら、勝手にひとりで見てから帰るわよ。夕食は先に食べといて。きっとすごく混んでるだから、トイレもすましておいてね」

カラッとした性格の松本恵子をだんだん好きになりそうだった。

「絶対に遅れないよ。一時間でも二時間でも必ず待ってるから」

「二時間したら、とっくに終わってるわよ」

澤田は笑ってくれた松本を見て、十六日がすごく待ち遠しかった。


翌十四日の昼は、実家に帰らず東山南寮と女子寮に居残る寮生のために、武者小路社長が合同夏祭りを寮の中庭で開催してくれた。幸い直射日光はさえぎられ、時々風が通り抜けていく。参加者は全部で二十五人ほど。混雑もなく、暑さも何とかしのげていた。

夏祭りといっても、単に集まって一緒に話したり社長夫人の手料理を食べたりするだけだが、京都に残っている若者たちには大好評だった。参加者のほとんどは東山南寮生で、女子寮からは五人だけが参加していた。四月の歓迎会のさらに半分だ。多くは帰省や旅行に出かけているという。

二十人の予備校生と五人の短大生。女性は二人と三人に分かれ、野郎が十人ずつで囲む様は少々滑稽だった。うまく話せる寮生もいれば、ポツンと離れて黙々と食べてばかりの寮生もいる。

今日も卒寮生という理由で天地が参加しており、なぜかカマキリと身体が触れ合うほど近づいてにこやかに話をしている。マドンナはどうしてこうも仕事熱心なのだと、澤田たちは不思議がっていた。

中にひとり、背がスラリと高く長い髪の色白の短大生がいて、浪人生たちの人気を独り占めにしていた。最初は別のグループの女性と話していた二階の玉川がグループを移動したかと思うと、その人気者の女性をじっと見つめているようだった。

「おい、玉川。お前、あの子が好きなんだろ」

カマキリが玉川にうしろから近づき、肩をポンと軽く叩いてボソッとつぶやいた。

「えっ、そんなことないですよ。僕はただ……」

「別に恥ずかしがらなくてもいいさ。男はそんなものさ。俺にもそんな時期があったからよくわかる。あの子、彼氏はいないそうだ。美人すぎて損してるタイプかもな。お前が浪人生じゃなければ、アタックしろって言うんだけど、今は受験勉強が最優先だ。女子寮があると刺激がありすぎて困るよな」

玉川は寮長に返事もせず、じっと長身の女性を見つめていた。

「玉川は女性とつきあったことはあるのか」

「いや、一度もないです。好きな子はいましたが、話がなかなか思うようにできなくて」

「大学生になって好きな子が目の前に現れたら、迷わずアタックしてみるがいい。きっと何度か振れるだろうが、それを含めてが恋愛の醍醐味だ。女は男の人生を豊かにしてくれる。勉強よりもはるかに大切なものかも。まずは志望校に合格してからだ。お前は京大工学部が第一志望だったかな」

「受験生には目の毒ですね。どこでもいいから早く大学生になりたいです」

「何バカなこと言ってるんだ。がんばって京大に合格しろ」

結局、玉川は女性とひと言も話さないまま、まもなくして社長主催の合同夏祭りはお開きになった。

十五日、朝から勉強し通しだった澤田は、一昨日松本恵子が話してくれた法然院を訪ねてみようと思った。四月に訪れた際は少し肌寒く、新緑には少し早かったものの、墓地には桜が咲いていた。真夏の今はどんな感じなのだろう。せっかくの京都暮らし、お盆の京都の日常には興味があった。暑い最中だが、気分転換を兼ねた運動と思えばいいだろう。

　四時に寺に着いた時、東側の斜面のほうから美しい鐘の音がきこえてきた。お盆ならではの鐘なのか、それとも毎日の時の鐘なのか。鐘の音を聞きながら南側に広がる墓地へ足を向けた。夏の太陽はまだ高く明るいが、美しい山門の扉が僧の手で閉められようとしていた。寺の夕暮れは早いようだ。

　谷崎潤一郎夫妻の墓に夏の花はないが、広葉樹の緑は深く、四方からの蝉の声がやかましかった。地面には大きなミミズが這い、苔は少し夏枯れしているのかみずみずしさも感じられず、やや枯れたような色の杉苔も見られる。涼を呼ぶ風も今はやんでいるが、背の高い大きな木立が暑さをいくらかやわらげてくれ、ほどよい暗さも階段状に連なる墓地に安らぎをもたらしているようだった。

　谷崎の墓から少し南西側に降りたところに、「松本家」という墓標を見つけた。比較的多い姓なので他家の墓だろうが、その品のいい墓のたたずまいに澤田はうらやましさを覚えた。

　線香の煙が今も漂い、新しい生花も家族が先ほどまでこの場にいたことを想像させた。もし松本恵子の家の墓所だとしても、澤田は会わなくてよかったと思った。今日のことは絶対に話すまい。大文字の送り火を見ようと待ち合わせているのに、つきまとっていると勘違いさせそうで怖かった。

　祇園祭を観ずに帰省した澤田は、初めての「大文字送り火」をすごく楽しみにしていた。

　約束どおり、夜七時に松本恵子は三条京阪駅の改札に現れた。トンボの柄が描かれた生成りの浴衣を涼しげに着ていた。紅色の帯と下駄の鼻緒がよくマッチしている。昼間に予備校で見かける恵子とは違い、うしろ髪を上げて驚くほど女らしい雰囲気だった。いい意味で澤田の予想は大きく外れた。

「京阪も混んでたでしょう。座れたの」

「最初は座ってたけど、子ども連れの家族がいたので途中で代わってあげた。その後は相当混んでたわ。でも大丈夫、慣れてるから」

「辺りは大変な混みようだね。どこから見ようか悩ましいね」

どこも彼処も大混雑だ。

松本にうながされ、二人は三条大橋を渡り、対岸のホテルフジタ前の鴨川の河辺から見ようと人混みの中をゆっくりと歩いていく。

「ここならよく見えそうだけど、皆この辺りに集まるからまったく動けなくなりそうだね。松本さんは何度か見たことあるの」

「小学生のころに両親と妹と来たことがあるけど、あのころはこれほど混雑してなかった気がするわ」

「遠くからの観光客が増えたからかなぁ。両親には誰と行くって言ってきたの」

「九州出身の駿台の女の子」

恵子は大きな眼で澤田を見つめて笑った。

「信じてくれるかなぁ」

「さぁ、でも私は親にすごく信頼されてるのよ。実際に真面目で、男性にもルーズじゃないから。遅くなっちゃダメって、しっかり念を押されたけどね」

だんだんと混雑がひどくなってきた。立っているのがやっとで歩くどころではない。迷子にならぬよう、澤田は恵子の手を取った。

恵子の視線を感じたが、澤田は気づかないふりをした。その手を恵子はしっかりと握り返してきた。最初はぎこちない感じだったが、澤田はドキドキしながら如意ヶ岳に点り始めたいくつもの炎の点を見つめていた。手をつなぐだけでなく、二人が寄り添うのも初めてだった。

「あっ、始まったみたいだね」

まわりも急にざわつき始めた。

山肌にゆっくり炎の点が広がるように、澤田の胸の鼓動も強くなっていく。身動きが取れないほどの混雑に内心感謝しながら、彼は恵子に強く身体を寄せた。額に真夏の夜の暑さのせいだけでない汗がにじんでくるのをはっきりと感じている。澤田はつないだ手の汗を気づかれるのが恥ずかしかった。

「へ〜、こんな感じで少しずつ点火されていくんだねぇ。あの一個一個が実際にはすごく大きな炎なんだろうね。みんなどんな思いで炎を眺めてるのかなぁ」

澤田は時折視線を落として鴨川べりの人々の姿を眺めていた。家族連れだけでなく、多くの若者カップルの姿があった。自分たちはまわりからどう見られているのだろう。二人は親友でも恋人同士でもなく、半年後の受験を同じ目標とする浪人仲間にすぎないのに。

「澤田君の故郷では、どんなふうにお盆にご先祖を送るの」

「うちは毎年家族で小さな精霊船を手作りして、十五日の夜に家に近い西に流れる堀や川に流すんだ。柳川は堀がいたるところにめぐってて、みなさんが鐘を叩きながら小舟を手に集まってきてね。長崎みたいに派手じゃなく、お盆に集まった親族だけで静かにね」

「そうなのね。じゃあ今年は一緒に送れなかったわね」

「受験だからしかたないよ。初夏に愛犬のタローが死んでしまったから、勝手に小さな墓標を秀吉の墓の片隅に建ててきたよ」

「秀吉の墓って、阿弥陀ヶ峰の頂上のアレね。京都を見渡せる超一等地じゃないの。タロー君も幸せね。犬種は何なの」

「トイ・プードル、真っ黒のね。松本さんも犬は好きかい」

「今は飼ってないけど、大好きよ」

大文字のオレンジ色の炎を眺めながら二人はとりとめのない話を続けていた。炎の勢いが少しずつおとろえていくが、暗い山肌に赤黒く残り火が大文字の形を示し続けている。

身体を寄せ合っていた二人のまわりから徐々に人々が動きだした。はっと我に返った澤田は、恵子とつないでいた手を恥ずかしそうに自分から離した。

「ごめん、勝手に手を握っちゃって。松本さんと迷子にならないか心配だったんだ」

「ごめんって何よ。澤田君って案外と初心《うぶ》なのね。これまで女の子とつきあったことないんでしょ。そう言えば中高と男子校だったわよね。でも、ありがとう」

恵子の言葉に澤田はほっとした。そんな彼の手を今度は恵子のほうからそっとつないできた。澤田の心臓は激しく高鳴り、それまで以上に顔がほてりだした。

「あのね、送り火を見た後は、こうして川岸を二人で手をつないでそぞろ歩きをするものよ。そうしてどこかに場所を見つけて、並んで座って川面に輝く光の波を見ながら語らうのが京都の若者たちなの。こんな晩はなかなかいい場所は空いてないけどね」

「予備校の帰りや休日に橋の上から時々眺めてたけど、こんな感じなんだね。何だかイイねぇ」

「今夜くらい受験勉強を忘れて若者らしくすごしても誰からも怒られはしないでしょ。門限はあるの」

「厳しくないけど、みんな九時半には帰るね。松本さんは」

「普段は九時だけど、今夜は少しくらい遅くなっても大丈夫かな」

　鴨川の右岸を南に少し歩いて、ようやく見つけた他のカップルたちの隙間に二人で腰を下ろした。遠く小さくなったが、大の文字が残り火で今もかすかに読める。対岸を京阪電車が時折行き交う。鴨川の水はゆらめく光を映しながら、静かに流れていく。

　門限を気にしながら恵子と四条京阪駅で別れた澤田は、はかない時を思うように、東山南寮までひとり歩いて帰った。ようやくたどり着いた時にはすでに夜十時半を少しまわっていて、ぼーっとふやけたような澤田の姿を寮長が小窓越しに眺めていた。


　お盆休みも終わり、予備校が再開した。

　澤田が六階の食堂に行くと、松本恵子が参考書を読みながらひとりでスパゲティを食べているところだった。近づく澤田の姿に気がついたようで、今までにない笑顔を向けてくれた。

「恵子ちゃん、ここ座っていい」

　澤田は恵子の向かいの席に座った。「恵子ちゃん」と初めて呼んだ自分自身が恥ずかしくて顔が赤らむのを感じた。東向きの窓からは、遠くに焦げた色の大文字がよく見えた。

「昨日は遅くなって、両親に怒られなかったかい」

「少しだけね。でも心配しないで。久しぶりにすごく楽しかったわ」

恵子は参考書を閉じて澤田の顔を見つめている。彼の思いすごしかもしれないが、彼女の眼は笑っていた。澤田は彼女と眼を合わせるのがまだ恥ずかしかった。

「ごめんね。僕も京都に来て昨夜が一番楽しかった。大学生だったらよかったのになぁ。正直言うと、女性と夜に二人きりですごしたことなかったから、ず〜っとドキドキしてた」

「二人っきりじゃなかったわ。周囲に歩けないほど大勢の見物客がいたじゃない」

「まぁ、確かに。それでもドキドキしてた」

込み上げる恥ずかしさを隠すように、もう一度澤田は大文字に眼を向けた。

「澤田君は、あの火床までは登ったことないのよね。前に話したように、あの場所からの眺めはすばらしいわよ。三百メートルくらいかな。夏に登るのは暑すぎるけどね」

「どう登るのがいいの」

「銀閣寺の北側から登るのが一般的だけど、私は法然院から登ることもあるのよ」

「松本さんの菩提寺だったよね」

「そうよ。一昨日、家族でお墓参りに行ったわ」

澤田は、同じ日に松本家の墓所を見つけたことは隠していた。

「暑かったでしょ。何時ごろに寺に行ったの」

「三時ごろかな。四時少し前には帰ったわ」

澤田が法然院に到着した直前だったようだ。あの線香の煙は墓参のしるしだったのだろう。あの場で出会わなくてよかったと思った。

「四月に女子大生と行ったけど、雰囲気のいいお寺だったなぁ。あんな寺に墓所があって松本さんがうらやましぃよ」

「あら、四月は女子大生とデートだったの。けっこうやるわねぇ。昨夜の感じから、てっきり奥手なのかと勘違いしてたわ」

「いやぁ、全然そんなんじゃないよ。彼女の連絡先も知らないし」

「まぁいいわ。でも、一度くらい登ってみたらいいわね」

「これから行ってみようかなぁ。恵子ちゃん、一緒にどう」

「いやよ、暑すぎるわ。やっぱり女心がわからない人ねぇ」

「ごめん、ごめん」


それから二時間後、澤田は大文字送り火が終わったばかりの「大」の字の真ん中にひとりで立っていた。恵子に振られてから他の連中を誘ったものの、急な話に乗ってくるほどひまな予備校生など見つからなくて当然だろう。ましてや夏期講習が再開された初日だった。

「へ～、大文字ってこうなっているのかぁ」

澤田は額の大粒の汗をふきながらひとりごとを口にした。クリーム色のポロシャツは汗ビッショリで重くなり、ズボンの腰の部分も汗で色が変わって塩が浮いている。ハンカチは役に立たず、大きなタオルがほしかった。

辺り一帯には護摩木が燃えた匂いが今も漂っていた。煙こそ見えないが、黒く焦げた木片が地面に散った各火床の様子が、ここが真夏の夜の夢の火元だったことを示していた。

かなりの暑さにもかかわらず、子ども連れの家族が何組もいて、辺りを楽しそうに歩き回ったり、眼下の景色を楽しみながらおしゃべりしている。もっと上のほうから下りてくる人も少なくない。大学生らしき数組のカップルも並んで腰かけて、眼下に広がる街をおしゃべりしながら眺めている。声に出すのを必死に我慢して、澤田は「くそっ」と心の中で悪態をついた。

地図のとおりに眼下に広がるミニチュアの京都の街を興味深く眺めていた澤田は、「浪人生がこんなことをしてる場合じゃないよな」と、またひとりごとを口にした。そして、今度は大の字の左払いの火床に沿った石段を下り、雑木林の間に腰まで伸びた夏草をかき分けながら、法然院の境内に向かって急な坂を下りていった。


翌日の金曜日、澤田が予備校から寮に帰ってくると、カマキリに呼び止められた。

「おい、澤田。少し話があるから、夕食の後で寮長室に来てくれないか」

「いいですけど。銭湯から戻ってからでもいいですか」

「あぁ、いいよ」

戻る途中、渋谷通から東の空を見上げるとまだ明るさが残る東山の上に白い満月が浮かんでいた。

「カマキリに呼ばれてるんだって。何か問題でも起こしたのか」

片山がニヤニヤしながら澤田に声をかけた。

「何も悪いことはしてないつもりだけど」

「心配するな。カマキリは案外といい奴かもしれないから」

いつもは一緒に澤田をからかってばかりの若槻が、なぜか今夜は優しい言葉をかけてくれる。

東山南寮が西日に照らされ、煉瓦がいっそう赤く印象的だった。

寮長室の中で、澤田は山崎と向かい合うように椅子に座った。決しておしゃれとはいえない部屋だが、大学生らしい自由な雰囲気は浪人生にはうらやましい。予想外に片づけられているのは、噂のように天地がカマキリを世話しているせいなのか。

「あまり成績が伸びてないそうじゃないか。担任に聞いたぞ」

「天地さん、寮長にまで成績の話をしたんですか」

「わざわざ九州から来てるお前のことが心配なんだよ、彼女も俺も。勉強に集中できてないんじゃないのか。志望校はもう決めたのか」

「まだ、ちゃんとは決めてないです」

寮長は急に椅子から立ち上がり、西の壁に向かって歩きだした。

「こっちに来てみろよ」

懐中電灯を手にした山崎が扉を開けて入っていく。いったん立ち止まり振り返って、心配そうな澤田を手招きした。中には窓もないようでかなり暗いが、どうやら通路らしい。黙って澤田が続いて中に入ると、山崎は入って来た扉を静かに閉めた。真っ暗になった。

山崎が持つ懐中電灯に照らされた左側の壁は木製で、もう片方は寮の外壁と同じ煉瓦のようだった。

「ここはいったい何なのですか、寮長」

暗い通路の中で自分の声が煉瓦に反響している。山崎は黙ったまま懐中電灯を壁に向けている。

「これが見えるか」

次第に暗さに慣れてきた澤田の眼に、煉瓦の壁にはめ込まれた陶器でできたような樺色のプレートがまず飛び込んできた。そしてその周囲の四隅にある煉瓦が淡く光りだした。壁が発光しているというより、何かが電灯に反射しているようだ。さらに澤田の眼が通路の暗さに慣れるにつれ、文字のように思えたそれが次第に読めるようになった。

「陶器の板のまわりにあるのは文字のようですね。いくつかの漢字が読めます。この右上のよく光るのは『志』ですね」

「他はどうだ、何と読める」

「何か同じように金色に輝いてる気はしますが、はっきりとは読めないです。いや、この右下のはおそらく『勇』でしょうね。薄いけど左上のは『挑』に見えますし、おそらく左下は『進』かなぁ」

「そうか、お前にはどれも見えるんだな」

「いったいこれは何なのですか。落書きにしては少し変ですけど」

「たぶんこれは明治時代のものだ。この真ん中の陶板には書いた人の名前や日付も記されている」

「へ～、誰なんですか」

「この建物を建てた人だ。望月吉兵衛」

書肆侃侃房
Shoshikankanbou

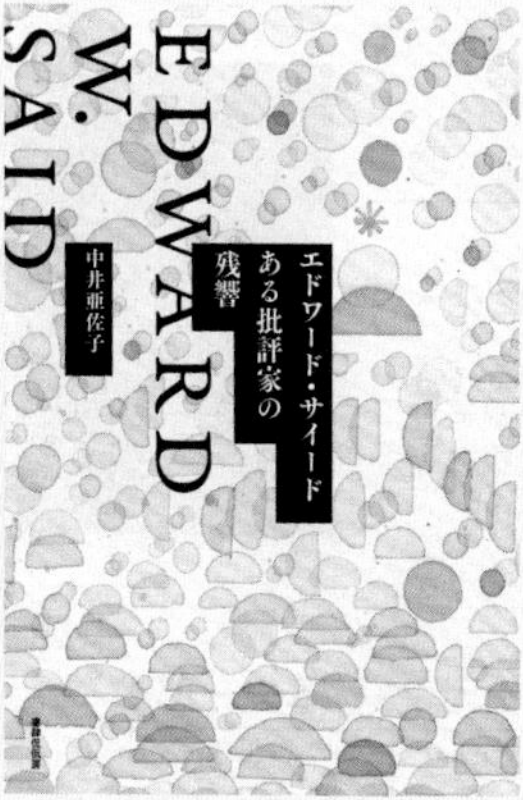

エドワード・サイード
ある批評家の残響

中井亜佐子

本体1,700円＋税　978-4-86385-612-7

エドワード・サイード没後20年

ポストコロニアル批評の先駆者として『オリエ
タリズム』などの著作を残したエドワード・サイ
ド。イスラエルによるガザへの軍事攻撃が激
いまサイードの著作が読みなおされている。
没後20年をむかえた今、その思考の軌跡をた
りつつ、現代社会における批評の意義を問う。

私が諸島である
カリブ海思想入門

中村達　本体2,300円＋税　978-4-86385-601-

「なぜハイデガーやラカンでなければならない
僕たちにだって思想や理論はあるんだ」

カリブ海思想について新たな見取り図を
えがく初の本格的な入門書。

「web侃づめ」の大好評連載が大幅増補され
ついに書籍化！　この海の下で我々は手を取
合う——。カリブ海思想研究の俊英による待望
のデビュー作。

文学ムック「ことばと」vol.7

本体1,800円＋税　978-4-86385-600-4

特集　ことばとことば

大沼恵太/大前粟生/片島麦子/木下古栗/佐川恭一/瀬尾夏美/戸田真琴/法月綸太郎/笛宮ヱリ子/福田節郎/保坂和志/町屋良平

第5回ことばと新人賞　池谷和浩「フルトラッキング・プリンセサイザ」

巻頭表現　千葉雅也「間違えたらもう一度繰り返せ」

本がなければ生きていけない　佐々木敦「蔵書の減少と本棚の増殖」

想アンソロジー式ミステリガイド

偵小説研究会編

体1,800円＋税　978-4-86385-606-6

ステリの名手たちが編む珠玉の〝妄想〟アンソロジー

れぞれが思い描く実在のミステリ作品を架空のアンソロジーとしてみ解説する。国内、海外問わずミステリ好きにはたまらない最高のクガイド。戦後書かれた作品で、文庫で読める本が中心。電子版くすぐに読める。あなたの好きなナビゲーターは誰ですか。

ブルーノの問題

アレクサンダル・ヘモン著　柴田元幸・秋草俊一郎訳

本体2,700円＋税　978-4-86385-596-0

現代アメリカ文学を代表する作家のひとり、アレクサンダル・ヘモンの最初期短編集

ヘモンがナボコフとのあいだに感じる親近感は語彙という面からくるものではなく、故郷を喪失した作家が共通して抱える「埋め合わせてくれるものは言語だけ」という感覚だという。（秋草俊一郎）

優れた小説はこの程度の時間で古びるものではないし、そもそもユーゴスラヴィアの惨事と消滅そのものは過去の話であっても、同じような事態が日々世界で生じていることは言を俟(ま)たない。（柴田元幸）

国文学の源流　短編選4『雨日和』

尚源ほか著　オ・ファスン、カン・バンファ、小西直子訳

体2,900円＋税　978-4-86385-607-3

民地から解放されても朝鮮戦争の戦後、完全に南北に断され交流を絶たれた人々の苦悩は続く

昌渉（ソン・チャンソプ）「雨日和」カン・バンファ訳〈釜山に避難した貧しい兄妹おぼつかない日々。ある日、二人は行方知れずになった〉

尚源（オ・サンウォン）「猶予」小西直子訳〈前線で戦っていた兵士が突然拘束れ、転向を拒否したために辿る悲惨な運命〉など全9編を収録

わたしはわたしで　東山彰良

本体1,800円＋税　978-4-86385-605-9

直木賞受賞作『流』の続編「I love you Debby」ほか、珠玉の作品6編を収録。

人生はままならない。諦めの連続だ。悲しくて。悔しくて。寂しくて。
一瞬成功したかにみえても待ち受けている落とし穴は底なし。

「I love you Debby」自分の不始末を許すことが出来ない娘を連れて
リカから帰国、叔父のもとへ。『流』の読者が知りたかった叔父の秘密
いに明かされる。「ドン・ロドリゴと首なしお化け」「モップと洗剤」など。

起きられない朝のための短歌入門
我妻俊樹　平岡直子

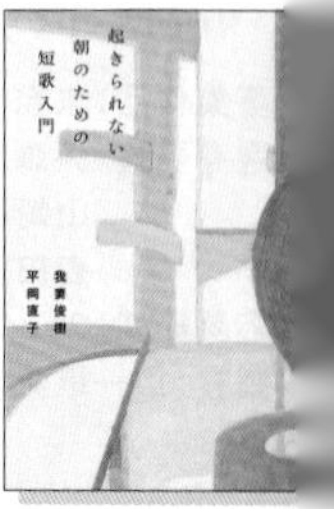

本体1,700円＋税　978-4-86385-583-0

対談に耳を傾けながら短歌の作り方／読み方がよくわかる
ストレンジャー（よそ者）のための短歌入門書

「ヒントとして、脳をこじあけて強制的にまぶしい光を浴びせてくるような言葉がこの本のなかにひとかけらでもあればいいと思う」（平岡直子）
「他の入門書を読んでなんだかしっくりこなかったり、短歌で道に迷ってしまったと感じている人がこの本を読んで、なにかしら励まされるところがあったとしたらとてもうれしい」（我妻俊樹）

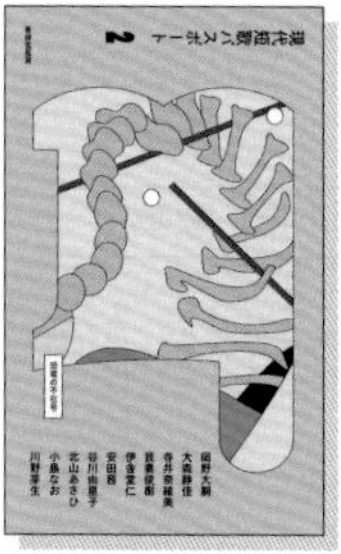

現代短歌パスポート2　恐竜の不在

本体1,000円＋税　978-4-86385-599-1

創刊号は発売たちまち重版！
大好評の書き下ろし新作短歌アンソロジー歌集、第二弾。

岡野大嗣「foil」　大森静佳「オーガンジー」　寺井奈緒美「わんたんたん
我妻俊樹「海岸蛍光灯」　伊舎堂仁「も可」　安田茜「森なんてない」
谷川由里子「残暑」　北山あさひ「板子一枚下は地獄、今度会えたら笑って
小島なお「群か星」　川野芽生「恐竜の不在」

時間の神の蝸牛　渡辺松男

本体2,600円＋税　978-4-86385-608-0

火となれと歯をみがくなれ火とならば孤独を知らんかの雪豹の

渡辺松男の歌はますます自由に　心のままに羽搏く　なんて刺激的な!!
前作『牧野植物園』で第七十三回芸術選奨文部科学大臣賞を受賞した著者の第十一歌集。

米櫃へわれの眼玉のおちにけりここが火口でなくてよかつた
俺の眼が螢となつて飛んでゐる祭りの夜の水のゆめかな

ankanbou.com

株式会社　書肆侃侃房　@kankanbou_e
福岡市中央区大名2-8-18-501　Tel:092-735-2802
本屋＆カフェ　本のあるところ ajiro　@ajirobooks
福岡市中央区天神3-6-8-1B　Tel:080-7346-8139
オンラインストア　https://ajirobooks.stores.jp

第7回 笹井宏之賞

募集作品：未発表短歌50首
選考委員：大森静佳、永井祐、山崎聡子、山田航、森田真生
応募締切：2024年7月15日
副賞：第一歌集出版

第6回 ことばと新人賞

募集作品：未発表の小説（70〜200枚）
選考委員：江國香織、滝口悠生、豊﨑由美、山下澄人、佐々木敦
応募締切：2024年3月31日
副賞：単行本化

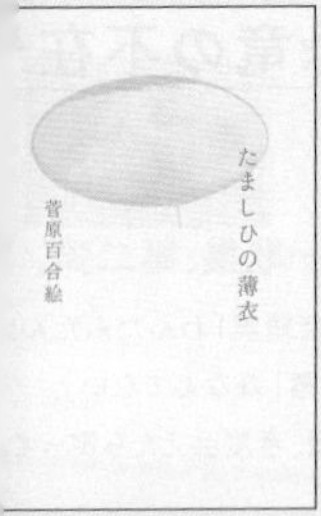

たましひの薄衣　菅原百合絵

本体2,000円＋税　978-4-86385-561-8

満を持して刊行された、菅原百合絵待望の第一歌集。

第49回 現代歌人集会賞
第24回 現代短歌新人賞
受賞!!

ほぐれつつ咲く水中花――ゆつくりと死をひらきゆく水の手の見ゆ

まぼろしの枇杷の葉蔭で 祖母、葛原妙子の思い出　金子冬実

本体1,600円＋税　978-4-86385-590-8

「おばあちゃんとのことについて、色々な人が色々なことを言っているだろう。あれはみんな違うんだよ」

「幻視の女王」とも評された、戦後短歌史を代表する歌人、葛原妙子。彼女には家族にしか見せなかった別の姿があった――。
チャーミングで愛おしい、「異形の歌人」の横顔。

post card

恐れ入りますが、切手をお貼りください

810-0041

福岡市中央区大名2-8-1
天神パークビル50

書肆侃侃房 行

フリガナ
お名前　　　　　　　　　　　　　　　　男・女　年齢

ご住所　〒

TEL（　　　　）　　　　　　　　　　ご職業

e-mail：

※新刊・イベント情報などお届けすることがあります。　不要な場合は、チェックをお願いします→☐
著者や翻訳者に連絡先をお伝えすることがあります。　不可の場合は、チェックをお願いします→☐

☐**注文申込書**　このはがきでご注文いただいた方は、**送料をサービス**させていただきま
※本の代金のお支払いは、本の到着後１週間以内にお願いします。

本のタイトル	
本のタイトル	
本のタイトル	

読者カード

本書のタイトル

購入された書店

本書をお知りになったきっかけ

ご感想や著者へのメッセージなどご自由にお書きください

※お客様の声をHPや広告などに匿名で掲載させていただくことがありますので、ご了承ください。

◀こちらから感想を送ることが可能です。

書肆侃侃房　http://www.kankanbou.com　info@kankanbou.com

「社長が話してた人ですね。どうして彼はこんな場所にこんなのを書き残したんですか」

「それはよくわからないが、ここにある『志』『勇』『挑』『進』という字は見る人によって、あるいは精神状態によってどうやら見えやすい字が変わるらしいんだ。お前には、『志』が一番で、『勇』が二番目に見えたんだろ。きっと大きな志を抱いて勇敢に世界へ羽ばたけっていう彼の願いが込められているんじゃないか」

「この真ん中のパネルには、『三十歳にて米国へ赴き、世界の多様なるを心に刻む』ってが書かれてますね。そんな昔に吉兵衛さんはアメリカに行ったんですね。すごいなぁ、僕も将来は留学してみたいな」

「吉兵衛さんが自分自身に喝を入れてる言葉かもしれないが、お前みたいな夢をもってる若者がこれを見た際に彼の言葉が共鳴するんだろうなぁ」

「不思議だなぁ」

「物理的、科学的には説明できないが、向き合う人によって見え方や感じ方が異なることは世の中にいくらでもある。その人が内側から発するエネルギーや情念みたいなのが影響するんじゃないのかな。俺は今ではすべての文字が見えるが、最初に見えたのは『挑』という言葉だった」

「科学の世界へ挑めとか、自分の限界に挑戦しろとか吉兵衛さんから誰かに向けた念力なんでしょうか。最後には、『我が思いが若者たちを導かん事を祈る』って書かれているし、何だか望月さんってすごそうな人ですね。さっき、空に満月が浮かんでいたんですが、望月って満月のことですよねぇ」

「お前も気がついたか。それも不思議なんだ。どうも月の明るさと浮かび上がる文字の輝きは比例するようだ。満月の晩になると、この壁も一番明るく文字が浮かび上がる。半月の晩には半分程度なんだよ。だから、今晩これを見せたかったんだ」

「でもどうして僕を……」

「それは今この寮で一番腑抜けなのがお前だからさ。俺にも最近のお前は全然ダメだと感じる。志望校が今も決まらないとは情けない奴だ。聞いたぞ、女なんだろ。お前がフラフラしてる一番の理由は」

「別に……」

「しっかりしろ、澤田。来年こそは必ず大学生になるんだ。お前に『志』の文字が最初に読めたのは、さっさと志望校を決めろってことに違いないぞ」

と、その時、暗い通路にやわらかな波動のような何かが満ちてきた。話すのをやめた寮長は目を閉じてじっとしている。そして静かに再び口を開いた。

「聞こえるか。何かを感じてるか……」

澤田も目を閉じて両方の耳に全神経を集中している。が、その波動は耳からではなく、彼の身体を包み込むように何かを懸命に伝えてくるようだ。

「えぇ、感じています……」

澤田は何者かが身体に静かに入り込んでくるような気がした。その姿は見えなくても、それが誰であるかは容易に想像できた。

もう澤田の口からは何も言葉は出てこない。胸の鼓動を感じながら黙ってじっと立つ澤田の頬を一筋の涙が伝ったように思えた。

第七章　金沢の旅

昭和五十三年　九月

数日間の短い夏休みの後、後期講習が始まった。今年度から大きく受験制度が変わり新しく共通一次試験が始まるので、現役生以上に浪人生たちの不安をよりいっそう大きくしていた。

澤田の隣室の加賀一郎は新学期が始まって数日たっても寮に戻ってこなかった。理由もわからぬまま三階の全員と寮長が知ることになり、寮長が加賀の実家に電話で問い合わせると、依然として実家にいるという。くわしい話は聞けないようだったが、すでに三浪である加賀は医学部受験の重圧に負けそうになっているようだ。

加賀と親しい数名が急いで山崎寮長に呼ばれた。

「共通一次対策にもなじめてないようだし、あいつは相当悩んでるんだろうな。開業医のひとり息子だから医学部以外の選択肢がなくてちょっとかわいそうだ。母親の話では、一日中部屋でふさぎ込んでて勉強も手につかないみたいだ。お前たち、どうしたらいいと思う。誰かいいアイデアはないか」

東山南寮で唯一の三浪で、誰の想像をも超える苦悩に違いない。成績の伸びが思わしくないと、担任の天地から寮長自身は少し情報を得ていたようだ。

大きなため息をついた後、皆の顔を見ながら澤田が話しだした。

「今までの様子だと加賀さんはおそらくつぶれると思う。僕は絶対嫌だな、このまま知らない顔するのは。皆だって似た悩みを抱いてるだろ。加賀さんを孤独にさせちゃダメだよ。それが寮生活の一番いいところじゃないか。僕は加賀さんを何とか助けてあげたい」

無言ではあるものの、誰もが澤田を見ながらうなずいている。

「本当は俺が加賀の実家に行って……」

山崎が話すのをさえぎるように、澤田が宣言する。

「寮長、隣の僕が一番加賀さんの様子は知ってるし、明日にでも金沢に行ってみます。寮長にも話せない悩みがあるかもしれないです。同じ医学部コース同士、何とか寮に戻ってくるよう説得してみます」

「明日は木曜だぞ。予備校を休んでまで行くつもりか。日曜でもいいんじゃないか」

「いえ、一日でも早いほうがいいと思います。僕も心配で勉強に専念できないですし」

澤田の決意に異論を言う寮生は誰もおらず、山崎も認めざるを得なかった。

「本当は俺が行くべきなんだが、大学で大切な用事が控えているんで申しわけないな。頼むぞ、澤田。何とか加賀を助けてあげてくれ。住所と電話番号は後で教えるから」

その晩の三階は重苦しい空気に包まれていた。

澤田は翌朝早く市電で京都駅へと向かった。一緒に加賀を連れて戻れるとは思っていないが、週末にでも寮に自然に戻れるよう話をしてみるつもりだった。

金沢までは片道二時間半ほどだが、最終列車で夜十時前には京都に帰ってこれるだろう。予備校を二日も休むわけにもいかず、金沢までは日帰りの予定だった。京都駅の中央改札を通って、すぐ前の1番ホームから八時四十一分発の下りL特急「雷鳥1号」に澤田は乗り込んだ。

湖西線経由で時折右手に現れる広い琵琶湖の穏やかな景色は、北陸本線と合流してから少し単調となった。座席のリクライニングを倒してうとうとしてる間に、金沢駅に到着するアナウンスで澤田は目が覚めた。その金沢は片倉道代の故郷でもあった。彼女が犀川や浅野川の美しさを何度も口にしていたので、澤田はいつか訪れたいと思っていた。

十一時十六分に到着した金沢駅は、何となく京都駅と同じような雰囲気のつくりだった。澤田は駅前の公衆電話から加賀の実家に電話をした。すぐ電話に出た母親はすでに寮長から澤田が金沢に行くことを聞いていたらしく、電話の向こうで何度も頭を下げて感謝する様子がうかがえた。

実家は父親が院長をしている加賀小児科内科医院の隣にあるという。繁華街である香林坊と犀川の間で、歩くと三十分近くかかるのでバスをすすめられた。国道に面しているので簡単にわかるらしい。

澤田は犀川大橋北詰のバス停で降り、少し戻ると加賀医院があった。自宅の前に加賀が母親と一緒に申しわけなさそうに立って澤田を待っていた。焦燥感や疲れた暗い表情ではなく、いつもの加賀と同じ穏やかな感じで、澤田は少し安心した。

「加賀さんが元気そうなのでよかったです。三階の皆で心配してましたよ。加賀さん、これから少し出かけませんか。よかったら僕に金沢を案内してくださいよ」

「いいけど、どこか行きたい場所でもあるの」

「それがいろいろあるんですよ。まずは四高記念館かな」

澤田は旧制高校が好きで、昨年は熊本大学を受験した。金沢は四高、熊本は五高で縁もあり、井上靖が大好きな澤田にとって、『北の海』に描かれた井上の旧制高校時代の自伝小説の世界は憧れの場所でもあった。

「浅野川や犀川の畔も歩いてみたいな」

「お城や兼六園、武家屋敷や忍者寺とか観光名所もあるけど、澤田君の行きたい場所は少し違うね」

片倉道代が好きな場所を並べただけだが、そのことを加賀は知るよしもないだろう。

「澤田君は元文系だから、金沢出身の文学者に縁がある場所をまわりたいのかな。それだったら、内灘まで行って井上靖の碑を見てくることだね。日本海もよく見えるし。金沢医大の近くだよ。金沢駅から浅野川鉄道で行けばいいよ」

「そうね、せっかくいらしてくださったのだから、一郎さん、金沢をしっかり案内して差し上げなさい。澤田さん、息子をよろしくお願いします」


　室生犀星を育んだ犀川の美しい流れを犀川大橋の上流にかかる桜橋から眺めながら、加賀と寮ではしないようないろいろな話をした。高校までの話、医師への夢、金沢の街の魅力。初めての金沢、片倉道代が育ったこの街に澤田は心ひかれた。犀川も浅野川も、鴨川に劣らぬ美しい流れだった。

　澤田は自分自身がどんな進路を選んでもかまわない自由な浪人生であることを改めて知った。加賀のプレッシャーは落第を重ねるごとに毎年強く重くなっていることだろう。幸いなのは、加賀自身が医師になって親の跡継ぎをすることを心から望んでいることだった。いまだに進路を思い悩む澤田は、ある意味で贅沢なのかもしれない。今日この街を訪れてよかったと思った。寮で待つ仲間たちの気持ちが伝わったならいいのだが……。

　内灘にある井上靖の碑の情報を四高記念館で確認した澤田は、無性に井上の見た風景や暮らした風土を感じたくなった。

　北陸鉄道浅野川線北鉄金沢駅から一両編成の電車に揺られて十一駅目の終点が内灘駅だった。

　客もまばらで、物静かな駅員に澤田はたずねた。

「井上靖の碑はどこにありますか」

「森下川の向こうの丘の上だけど、片道三キロ以上あるよ」

澤田は時間を買うつもりでタクシーに乗り、井上の碑のところで降り少し待ってもらった。

「お客さんは学生さんかい。どこから来たの」

「京都の予備校生です」

「冬は厳しいけど、金沢はいいところだよ。わざわざ井上靖の碑を内灘まで見にくる若者は非常にめずらしいけどね」

夏の終わりの太陽が静かな海の向こうに沈もうとしている。ここまで来たのは加賀や道代のせいではなく、澤田自身の未来のためだった。


澤田は駅弁と熱いお茶を買い込み、十九時七分発の上りL特急「雷鳥53号」で帰途へついた。京都には二十一時四十七分着で、寮には二十二時すぎに戻れるだろう。突然の日帰り旅だったが、予備校を一日サボって思い切って金沢に来てよかったと澤田は感じていた。きっと週末には加賀が寮に戻ってきてくれるはずだ。

誰かのために何かをしようなんて、あの満月の夜に秘密の場所に連れていかれなければ澤田は決して思わなかったかもしれない。何かが少しずつ身体の中で変わりつつあるように感じていた。

そして週末、何事もなかったかのように加賀が寮に戻ってきた。澤田を見つけると加賀はひと言「ありがとう」と、はにかんだ笑顔で言った。黙ってうなずいた澤田は、受験生のもろさを自分のことのように感じていた。このまま立ち直ってくれることを祈るしかなかった。

一週間ほどがすぎた。予備校に置かれた新聞に「中秋の名月が皆既月食に」という見出しが大きく書かれていた。皆既月食は満月の晩に時々起こるが、中秋の名月が皆既月食になるのは非常にめずらしいという。秋の彼岸に一番近い満月を中秋の名月と称するが、十七日未明の二時ごろから月食が起こり、食のまま西に沈んでいくという。

夕食のカレーライスを皆で一緒に食べ終わるころ、カマキリが加賀を部屋の片隅に呼んで何やら話をしていた。加賀は何度かうなずいているが、ざわついていて二人の会話はまったく聞こえない。だが、澤田には寮長の行動の意味するところが想像できた。先日の加賀の帰省の問題があったからだ。そして、今夜は満月の晩だった。あの不思議な感覚を覚えた夜から四週間がたっていた。

銭湯からの帰り路、渋谷通の坂道を登っていると東の空に美しい満月がぽっかりと浮かんでいた。自分たちの足音しか聞こえない静かな路地に吹く夜風が湯上りの肌に心地よかった。いつもと違い、今夜は片山と若槻の三人だった。

「あのな、今夜の満月は特別なんだぞ」

「澤田に言われなくても知ってるぞ。中秋の名月だろ」

「真夜中に皆既月食が起こるんだよ。中秋の名月が皆既月食になるだけでもめずらしいのに、皆既月食で月が隠れたまま西の地平に沈んでいくらしい。相当めずらしいみたいだ」

「そんなめずらしい天文ショーを見たら縁起がよさそうだなぁ。ぜひ紅い月に手を合わせて、合格の願掛けしなきゃな」

澤田は皆既月食を実際に見るのは初めてだ。深夜二時からとのことだが、苦にはならないだろう。

「二時まで勉強したら、中天井に登って窓から一緒に見ようよ。幸い明日は日曜で予備校もないし」

三人は寮の二階へ続く鉄製の外階段を勢いよく上っていった。

澤田が部屋に戻ると、加賀の部屋は暗かった。もう寝たのだろうか。それともまだ寮長と一緒にあの場所にいるのだろうか。

半時間後、澤田が便所に行こうと廊下に出ると、こちらに静かに歩いてくる加賀と出くわした。

今朝までと加賀の表情は明らかに違っていた。極度に緊張しているようでもあり、薄ら笑いをしているようでもあり、何か得体の知れない不思議なものに遭遇してしまった人の表情に思えた。

理由は澤田にも想像できた。今宵は満月の晩だ。たえがたい悩みを抱えていた加賀は、きっと寮長によって「秘密の場所」に誘われたのであろう。すれ違う瞬間、二人は黙って視線を交わした。理解し合うには、それで十分だった。一緒に月食を見ようと思って二時ごろに澤田が廊下に出てみると、すでに加賀の部屋以外の明かりは消えていた。約束なので片山と若槻の部屋のドアを開けようとしたが、鍵がかけられ、ノックしても起きる気配はなかった。ひとりで見ようかと思ったが、明かりがついている加賀の部屋のドアをノックするとゆっくり開いた。

「起きてたみたいだね。まだ寝なくてもいいの」

「うん。でも、どうして」

加賀は先ほどに比べると落ち着いた表情に戻っていた。

澤田の勘は当たっていたようだ。

「僕も連れていかれたんですよ、先月。満月の夜に」

「そうだったのかい。そう言えば、このひと月ほど、君が何となく変わったというか、急に優しくなった気がしてたよ」

澤田も自身の性格や行動に以前とは違う何かを感じている。

「君が金沢に来てくれた時、僕も両親も実は驚いた。予備校生なのに他の落ちこぼれの世話まで焼く奴がいるなんて信じられなくて」

「あれは……」

月が完全に隠れて、赤黒くどんよりと丸い影が南西方向の空に浮かんでいる。

「あれは、他に金沢に行きたい理由があったからですよ」

「へ～、何」

「金沢大学の医学部に興味があったし、井上靖が好きだったし、それに……」

「それに、何」

「いや、その、あの……」

「まぁいいさ、何が理由でも。こうして俺を救ってくれたことには違いないからさ」

「あの不思議な煉瓦の壁を見せてもらった時に、何か不思議な音みたいなのが聞こえましたか」

「懐中電灯を当てると、ぼーっと金色の文字が浮かんできて。最初は読めなかったけど、寮長が読んで教えてくれた。どれも俺に足りないものだった、志も挑む勇気も何もかも。完全に自信をなくしてしまっていたから。あの妙な不思議な音が俺にはまるで天の声みたいにも聞こえてねぇ」

「へ〜、声には聞こえませんでした。ただ何となく勇気が出るというか、未来への意欲がわくというか」

「俺には吉兵衛さんの声が聞こえた気がする。実際にはありえないだろうけど、そんな気がどうしてもして。そのことを寮長に打ち明けたら、寮長も時々声が聞こえるらしい。特につらい時や悩んでるにはね。調子がいい時には何も聞こえないって」

　加賀は静かに打ち明け続ける。

「あの真ん中の板に、彼が二十歳の時に病床に伏したことが書かれていた。その時に、医薬のありがたみや人の情けや恩を知ったって。今の僕もそんな気持ちだよ」

「不思議な感覚でしたけど、僕の場合は、ぼーっと明るくなって目をつぶったら、吉兵衛さんがアメリカにいていきいきと活躍してる風景が浮かんできたんですよ」

「そこにいる人間の精神状態や体調とかで、いろいろと感じ方が異なるんだろうか。でもあの煉瓦の壁って不思議だよね」

「しかも満月の夜だけみたいなのでよけいに不思議です」

　赤黒い丸い影は少しずつ空を西に動いている。

「加賀さん、もう遅いから寝ましょうか」

「今夜は不思議な壁と皆既月食を見れたから、明日から生まれ変われそうな気がしてきたよ。ここに連れて来てくれてありがとう」

　長い夜だった。あの不思議な壁に、誰を、なぜ寮長は誘うのだろう。知ってしまった我々は秘密を誰かと共有してもいいのだろうか。二人は慎重にはしごを降り、月明かりが消えた暗い納屋を抜け、それぞれの三階の個室に戻った。窓もない部屋の壁の向こうには今もなお皆既月食の赤黒い月がゆっくりと西へと動き続けているだろう。夢一つ見ることもなく、澤田は朝まで熟睡した。

九月最終日は土曜日だった。さわやかに晴れた秋の午後に、寮生たちは数人連れ立って東大路通への短い坂道を上っていった。馬町停留所から今日で廃止される市内電車に乗るためだ。

「ひぇ～、すごい混みようだねぇ」

通りにはズラリと人々が立ち並び、とても歩道は歩けないほどだった。カメラを手にした人々が溢れ、まるで人気スターの登場を待つかのように左右の道の遠くを見つめている。中高年に混ざって大勢の小中学生ら子どもたちも話しながら電車の到来を待っている。

「これだと電車に乗るのは難しいだろうなぁ」

「おっ、来た来た。でも超満員みたいだ。当たり前だけど」

馬町交差点に市内電車が七条方面からやって来る。１９２０の番号が書かれた深緑色の電車は上半分がクリーム色で、真ん中に黄色と赤で細い帯のように描かれている。前の扉から乗り込むはずだが、すでに満員でとても乗れる状況ではない。もう今日は市電に乗るのはあきらめるほうがよさそうだ。

車両側面には「長い間ご乗車ありがとうございました　京都市交通局」と書かれた畳一枚ほどの白地プレートがあり、カラフルな紙の飾り花で縁取られている。交通局職員が思いを込めて飾ったのであろうか。

祇園方面からの電車も馬町に向かって近づいてくる。ワンマンカーの正面には色紙で縁取られた白地の丸いプレートが飾られ、真ん中には誇らしく「京都市電」の文字が見える。制帽をかぶった初老の運転手の笑顔も誇らしげだ。彼の横や頭上からは、白いカッターシャツ姿の大勢の中高生の顔が真っすぐ正面を見すえている。もう二度と正面窓ガラスからの景色を見ることは誰にもできない。市電が走る街で生まれ育ったことは、いずれ彼ら彼女らのよき思い出になるはずだ。

　幸運な乗客たちは、満面の笑みで大きく手を窓の外へ向け振っている。沿道には笑顔や泣きそうな顔がひしめいている。澤田が京都に来てから、馬町でこれほど多くの人々の姿を目にしたことは一度もなかった。

　拍手する者、ちぎれるほど手を振り続ける者、黙ってじっと車両を見つめる者。今までの人生が市電最後の日に懐かしい思い出としてよみがえるのであろう。わずか半年とは言え、この緑とクリーム色の市電は澤田にとっても京都の景色、大切な街の一部だった。頻回に利用していなくても、通りの風景としてなじんでいただけに、悲しい思いは京都市民たちときっと同じだろう。

「最後に乗れなかったけど、じっくり近くで見れたし、俺はもういいよ。たぶん、一生この日を忘れないだろう」

　澤田の言葉に加賀や片山たちも呼応する。

「そうだよな。俺にとっても、市内電車は京都そのものさ」

「市電が走らない東大路通なんて、木が切られた東山や水が枯れた鴨川みたいな感じだろうな」

　写真機を持たない浪人生たちは、最後の姿をしっかりとその眼に焼きつけた。

第八章　青春の罪

昭和五十三年　十月

東山南寮の洗面所と便所は建物の外にある。一階から安っぽい鉄製の外階段を上って右側が、女子寮との間をつなぐ位置に簡単な屋根だけの洗面所になっていた。洗面する正面には壁も鏡もなく、左側には東山南寮の煉瓦壁が見える。右側には女子寮の白枠の窓が赤煉瓦の壁に整然と並んでいる。

東山南寮の寮生たちにとって、白百合女子短大の寮は禁断の園だった。便所への行き帰りや洗面や洗濯をする時間に、いやおうにも皆の目は白い窓に向いてしまう。位置によっては部屋の中の三割ほどが見えてしまうし、窓を開け放つ暑い季節だと中の会話まで勝手に聞こえてきてしまう。

浪人生たちが横目でこっそり部屋をのぞき会話を盗み聞きしようとあわれな努力を毎日していることを、短大生らは百も承知だった。洗面所に誰かが来ると、不思議に女子寮の窓が開いたり会話の声が大きくなったりする。どうやら浪人生の心理がわかるようで、キャッキャッと嬌声をわざと聞こえるようにあげているかのようだ。

「俺らをからかっているみたいだよな。二階の二番目の部屋は窓開けてデートの話をし出したぞ。嫌味だよなぁ」

二階の和田がくやしそうな表情で言う。

「女子大生だってボーイフレンドがほしいんだろ。受験さえなけりゃ、俺が数人一度に相手してやってもいいけどな」

三階の片山はいかにも本音のような話しぶりだ。

「本気で言ってるんだったら、来年もまた駿台生だろうよ。女はダメだ。女は毒だ、凶器だ。簡単に魂を抜かれちまうぜ」

三階の湯浅が片山をさとすように言う。防衛医大を目指してる湯浅はストイックな性格で、女性のことを考えること自体を避けていた。

「京大に合格さえすれば、女に囲まれて困るようになるだろ。それまで少し我慢するかぁ」

片山は妄想することで現実逃避をしているようだった。

「女子寮にはかわいい子がいるよねぇ。合同歓迎会や懇親会で俺はなかなか話ができないけど、色っぽい子も何人かいたぜ」

田舎者で奥手を自認する和田が思いだすように言う。

「あんな色っぽい子は二年生で、たぶんもう男がいるはずだ。お前みたいな和歌山から出てきた田舎の子どもは相手にされないぜ。俺が本気になれば簡単だがな」

「片山だって愛媛の田舎者だろ。スケベが顔に表れてるから、普通の女性は逃げると思うぞ。お前のようなのは将来きっとアバズレの餌食になって身を亡ぼすから用心しとけ」

「なにをぉ、和田。お前なんぞ一生童貞で終わるからな」

「おいこら。何を大きな声で言い合ってるのか。そんなくだらん話をするから女子寮の連中にからかわれてるのがわからないのか」

カマキリが突然現れ、ガヤガヤ話している寮生たちに注意した。

「あらら。マドンナと誰かさんは、いつどこで知り合ったんですかねぇ。何か良からぬ噂も聞こえてきますが、社長はごぞんじなんでしょうか。あの噂は本当でしょうかねぇ」

山崎と天地は寮の合同歓迎会で知り合い、いつしかいい仲になった。その関係は幸い山崎にとっては成績向上につながった。天地が勉学環境チェックなどの理由で時々東山南寮を訪れる姿が目撃されていたが、寮内に入った後、どこにいるのか知っている寮生は不思議といなかった。カマキリの部屋から出て来るのを見たとか、部屋の中でマドンナの笑い声が聞こえたとか何度も目撃談が飛び交ったが、カマキリは肯定も否定もしなかった。

「お前たちには関係ないだろ。とにかく必死に勉強して合格しろ。そしたら俺みたいにモテるようになる。まぁ、俺の場合はもともとルックスが抜群にいいからなぁ」

「そこまで言えるのは立派な才能ですね。マドンナはどうして寮長に騙されてしまったんですかねぇ。かわいそうに……」

寮生たちに何を言われようが、カマキリは勝ち誇ったような表情を浮かべている。

「何がかわいそうだ。京大で成績優秀な俺とつきあえる女性は最高に幸せ者だぞ」

「あれぇ、ついにマドンナと交際宣言ですか。間違っても寮内でイヤらしいことは絶対にしないでくださいね。寮生の勉強に超じゃまですから。俺たちの担任が泣くようなことも困りますからね」

「バカ野郎。くだらん妄想とかせず、さっさと小便して勉強しろ」

その時だった。突然、女子寮のほうから大きな物音とただならぬ悲鳴のような女性の声がし出した。洗面所にいた寮生とカマキリがいっせいに女子寮のほうへ眼を向けた。次々に窓が開き、多くの女性が身を乗り出すように二つの寮の間の地面を見つめているようだ。部屋で勉強していた東山南寮の連中も異様な物音に驚き、次々と洗面台に集まり一階を見下ろしていた。

そこには黒っぽい服を着た男がいて、ジグザグに鋭く向きを変えながら追手から逃げようとしていた。状況から察すると、男は女子寮の一階の部屋の窓から飛び出して逃げているようだ。明かりが消えた暗い部屋の窓が一カ所だけ大きく開いていた。澤田は中にまだ誰かの人影が見えたような気がした。男は軽い身のこなしで走りまわり、まったくひと言も声を発しようとしない。

男のまわりに三人の警官らしき姿があり、「待て」や「止まれ」など叫びながら次第に追いつめ始めた。動きの素早さは若い男が明らかに勝っていたが、人数で勝る警官から逃げ切れるはずもなく、数分のうちに男は捕えられた。

捕り物を洗面台から眺めていた寮生らは、逃げまわる男が誰だかをすぐに知ることになった。

「あれはマコトじゃないか」

最初に気がついたのは、二階の同じ部屋の和田だった。

「えっ、ホントだ。玉川だよ」

素早く逃げ続ける玉川の顔が山崎寮長にも見てとれた。

つかまった玉川マコトは警官に両方から腕を取られて二つの寮の間を手前に向かって歩いてくる。一瞬、玉川が二階の洗面所のほうに顔を向けた。見守る寮生らと視線が合う直前で彼は目を閉じて再びうつむいた。彼は靴や靴下も履いておらず裸足だった。

警官がすぐに追ったということは、彼が女子寮に侵入している時すでに通報があったのだろう。誰かが玉川を好意的に誘い入れたのを他の部屋の短大生が通報したか、あるいは主不在の部屋に忍び込んでいて通報され逃げたのか。まだ真相はわからない。

「おい和田。どこか玉川の様子に変な点はなかったか。ひょっとして、あいつは女子寮に彼女ができたような話を最近していたか」

寮長としては今後のこともあるだろうから事情が心配のようだ。この後、山崎は親代わりとして警察署に行かざるを得ないだろう。できるだけ動機に関連する状況を把握しておきたかったようだ。

「玉川は二階だし、静かな奴だし親しくはなかったけど、姫路だったよね。二浪だから精神的に追いつめられていたのかなぁ」

澤田は二浪になるということの怖さ、ストレスの大きさに改めて思いが及んだ。あれは将来の自分かもしれないという漠たる不安を覚えながら、緊張の中を連行されていく玉川の姿を見送った。

「あいつの気持ちはわからなくはないなぁ。女のことは二浪になるとよけいにつらくなるからなぁ。俺は銭湯で毎晩のようにのぞきをやって、よくも悪くもモヤモヤした気分を何とか発散できているけど、玉川の奴は真面目でのぞきがやれる性格じゃないもんなぁ」

どさくさまぎれに自分を正当化する片山の言葉に、一緒に銭湯めぐりする澤田も妙に納得してしまう。

「寮長、玉川はこの先どうなるんでしょうか」

誰からともなくあがった不安気な質問に、山崎はみんなを落ち着かせようとゆっくりと答える。

「そうだなぁ、いったいどうなるんかねぇ。盗みや女子大生に性的な手出しをしてなければおそらく微罪で、情状酌量も期待できると思うけどなぁ。とにかく、俺は後で警察署に行ってみる。この件は、ここにいるお前ら以外には決して誰にも話すなよ。予備校でも言ってはならないぞ。どうせすぐ玉川がいないってなるとは思うけど、よけいな話は絶対にするな。いいか。和田は同じ部屋だから、上手に話をあいまいにしておけよ」

「二階の連中は俺が何とかごまかします。だけど、玉川は寮にこのまま居続けられるでしょうか」

「さぁ、どうかなぁ。女子寮や社長が許したところで、予備校がなぁ。玉川も恥ずかしくて寮に居残ることは難しいかもな。悩んで三浪になったり、挫折したりしないといいがなぁ」

「玉川は京大工学部志望なんですけど、今のところ合否ライン上なんですよ。精神的にも影響は相当あるでしょうね。もしも駿台をやめたりしたら、志望校を変更しないと厳しいかもですね」


寮長は両方の寮のオーナーである直哉と相談してから、玉川が連行された東山警察署に駆け付けた。到着すると、すでに玉川の取り調べはすんでいて、拘置室にひとりで留め置かれていた。夜も遅く、兵庫県の両親への連絡は後で判断するという。山崎が親代わりの寮長だと名乗ると、面会のための小部屋に通され、しょげ切った玉川が若い警察官に連れてこられた。

「面会時間は二十分間です。外から鍵をかけますから、話が終わればドアをノックしてください」

玉川と山崎は小部屋に残され、机をはさんで向き合った。

「すみませんでした。寮長にも迷惑をかけてしまって」

ドアが閉まると同時に玉川が神妙な面持ちであやまった。幸い気まずい沈黙は避けられた。

「俺のことはいいけど。実のところ、いったいお前は何をしてたんだ。女子寮になぜ忍び込んだんだ」

玉川は少しうつむき、手で頭をかきながら静かに話しだした。

「四月と八月に女子寮と合同歓迎会や夏祭りがあったでしょ。その時すごく気になる女性がいて……」

「スラッと背が高くて、長い髪の色白の女性だろ」

「えっ、どうして知ってるんですか」

「夏祭りの時のお前の表情を見てたらそれくらいわかるよ。で、その女子大生とは仲良くなったのか」

「あれから何度か近所で一言二言立ち話をしたくらいです。お互いの名前とか、出身地とか。それでも俺が今まで出会った中で一番ひかれてしまったすてきな人なんです」

「それでお前は女子寮に勝手に忍び込んだのか。イキナリそんなことする奴があるか」

「たまたま今夜、銭湯に行った帰りに道で一緒になったんです。話しながら寮に戻ってくるうちにもっと彼女と話がしたくなって。そしたら彼女がルームメートはきっと黙認してくれるだろうって言うので、彼女の部屋で友だちも一緒に三人で少し話をしてたんです」

「三人じゃ、まぁな。話くらいしかできないだろう。で、それからどうした」

「当然ながら男子禁制ですが、こっそり男友だちが来ても見て見ぬふりする寮生も少なくないらしいんです。彼女の同室の女性は許してくれたんですが、たまたま隣の部屋の子が部屋に来て、驚いて大きな声で叫んだんです。大勢が集まってきて、そのうちの誰かが事情もきかずに急いで警察に通報したそうなんです」

「それで玉川が逃げるより先に警官が女子寮を包囲したんだな。なるほど、よくわかった。だがな。お前の気持ちはよくわかるが、女子寮に好きな人がいても忍び込んでいいはずないじゃないか。俺の場合は……、いやよそう」

「えっ、寮長も白百合寮で何かやらかしたんですか」

「やらかしたとか、人聞きの悪いこと言うなよ。俺は寮の中には入ってない。彼女とは外で会ってただけだ」

「誰ですか、その人。まさか、天地さんじゃないですよね」

「お前、なんで知ってるんだ」

「へ〜、やっぱり。みんな寮長と天地さんがあやしい関係だと疑ってますよ」

「ホントか、それ。あやしい関係とか言うな」

「当たり前じゃないですか。天地さん、国立医学部コースの連中の生活指導にって、寮に時々来てるでしょ。しかも、その後で寮長の部屋にしばらくいるらしいじゃないですか。クラスの生徒の話を寮長とするからって理由で。それ、誰がどう見ても変ですよ。あまりにも熱心すぎるし、きっと別の理由があるんだろうって」

「ばかいえ。ただ医学部クラスの連中の寮生活の指導に関する相談を寮長の立場でしてるだけだ。俺が駿台に相談に行く時間がなかなかないからな。来てもらうほうが、実際に現場を見てもらえるからいいだろ。家庭訪問みたいなもんだ。お前ら変に勘ぐりすぎだぞ」

「寮長と天地さんが寮長室に一緒にいたら、誰だって気が散って勉強できないから困りますよ。俺ら、禁欲生活中の浪人生ですよ。女性といちゃつく大学生を見たら石を投げたいくらいですから」

「そうか、そうだよな。それは悪かった」

今度は寮長が頭をかく番だった。玉川はギリギリ未成年だったので、今回は特に被害者側の訴えもなく、山崎の面会後にすぐに釈放された。幸い前科もつかず、両親へは警察、寮、そして予備校としては通知せず、本人の判断に委ねることになった。

寮ではすぐに全員が事件を知ることになった。彼らにとって、隣接する女子寮への忍び込み事件はあまりにも衝撃的で、明日は我が身と感じた寮生も少なくなかった。誰もが心穏やかならぬまま、衝撃の一夜が明けた。中秋の名月にも劣らぬ美しい満月が東山の稜線から昇ってきている。風もなく、穏やかな秋の夕暮れだった。

澤田がいつもの五人で銭湯へ向かおうと二階へ下りていくと、玉川が寮長に手招きされて部屋から食堂へと出てくるところだった。他に誰もいない薄暗い食堂の片隅で、カマキリに見下ろされるように玉川が何かを言われていた。

「今夜はもしかして満月かなぁ」

澤田はピンと来てつぶやいた。

「満月がいったいどうした。澤田は近ごろ月の話をよくするなぁ。先月は皆既月食の話をしてたし」

何人かがいぶかしげに言う。

「そう、今夜は満月だ。何かが起こりそうな晩だな」

そばを歩く若槻はそう言うと、澤田の顔を見てニコリと笑った。澤田も黙って若槻に笑い返した。彼もある満月の晩に寮長に誘われたに違いないと澤田は察した。

澤田らが銭湯で勉強の疲れを取り日ごろの鬱憤を晴らしてるころ、前夜ほとんど眠れなかった玉川は寮長と二人であの不思議な煉瓦の壁の前に立っていた。寮長が手にする懐中電灯で煉瓦の壁は金粉が薄く輝いている。

「おい玉川。何かぼんやりとでもお前には見えるか」

玉川は懐中電灯を照らされた壁に顔を近づける。手で煉瓦の文字をなぞるようにして顔を離し寮長のほうを向いた。

「中心にあるプレートの四隅には漢字のようなのが並んでます。ぼんやりとですが、一つだけ割とくっきりとしてます」

「何という字がくっきりと読めるんだ」

玉川はもう一度壁に顔を向け、その単語を指差した。

「『進』だと思います。左下にあります」

「そうか、そうか。お前には『進』が読めるんだな」

「これは……、ここはいったい何なのですか。プレートにも文章が並んでますし、どうして煉瓦の壁が淡く光るんですか」

「お前が不思議に思うのも無理はない。俺も初めて社長から誘われた時はすごくビックリした。陶板の最後に明治三十六年七月、望月吉兵衛って書かれているだろ。この建物を再建する時に創業者の吉兵衛さんが陶板プレートの周囲の煉瓦に金粉を練り込ませたようなんだ。当時作業した左官の孫から、社長が寮に改築する際に秘密の在り処として教えてもらったらしい」

「でも、どうしてこれを僕に」

「この先いろいろと苦労するかもしれないお前に、俺からも吉兵衛さんの魂を教えておきたかった。『進』って言ったな」

「ええ、他の文字は読みにくいです」

「いいんだ、それで。お前には『進』こそふさわしい。そう吉兵衛さんが思ったんだろう」

「新しい道を探して前に進め。そんなふうな意味なんでしょうか」

「きっとそうだろう。今回は起訴されないが、精神的にここにいづらいかもしれないな。受験まで残り数カ月しかないが、場合によっては予備校をやめて受験することになるだろう」

「そうかなぁと思ってはいました」

「お前は京大工学部を志望していたんだよな。俺もお前を後継の寮長にしたいと期待していたが、こんなことになって残念だ。だが、決してあきらめるな。仮に駿台をやめて寮を離れても大学受験はもちろん可能だ。いったん実家に戻って、両親とよく話をして考えてみろ」

「実は受験に関して少し悩んでました。小さいころから工学部、それも京大の工学部に進みたいと思ってました。僕は京都の街が好きですし。でも、本当は創作的なことなら何でもいいんです。工学でなくても、芸術的なことには何でも興味があります」

「それは進路や志望校を考え直すっていう意味か」

「そうですね、そうかもしれません。『進』っていう文字はすごく気に入りました。今回少し僕はつまずいたかもしれませんが、もしかすると将来を描き直すいい機会になるかもしれません」

「そうか。それを聞いて少しは安心した。もし何か俺が力になれることがあるなら遠慮なく言ってくれ。お前は少し傷ついたかもしれないが、無駄に浪人を重ねてほしくはない」

「大丈夫です。十分に京大工学部は狙えるところにいますから。それに、もし進路を変えるとしても京大よりは簡単でしょうから、今度の受験で必ず受かってみせますよ。寮長も安心しながら見守ってください」

「がんばれよ、玉川。できれば、仲がいい寮生の誰かと今後もよく連絡を取り合い励まし合えよ。俺も間接的にでもお前を応援したいからな」

「わかりました。面倒見がいい和田が同じ部屋なので、あいつと」


翌々日、玉川は東山南寮をひとりで離れていった。寮生が駿台で勉強している昼間のことだった。寮生の誰も彼を見送ることはなかったが、女子寮の一階の窓からひとりの女性が玉川の去り行く後姿を静かに見送っていた。それを知るよしもない玉川が煉瓦の壁の向こうに曲がって消えた時、彼女は両手で顔を覆って、声を押し殺してひとり泣きだした。次第にそれは嗚咽に変わっていった。


玉川が東山南寮を去った日の午後、中華人民共和国の国務院副総理である鄧小平の一行が京都へやって来るという。予備校では英語と化学の授業中にも、それは特別なこととして話題に上った。必ずしも街中に歓迎ムードは感じないが、京都御所をおそらく訪れるような気がして、澤田は今日は丸太町通を帰ってみることにした。

澤田の勘違いかもしれないが、講師の中には、授業中にまったく関係もないマルクス・レーニン主義の思想をなぜか持ち出す人がいて、普段は大好きな講義もその時ばかりはひどく後味が悪かった。なぜ授業中に共産主義思想の話を聞かされなきゃいけないのか、澤田にはまったく理解できなかった。文化大革命という何とも不思議な出来事を考えるとなおさらだ。おそらく全国の予備校では右左に関係なく政治的な話などしないと思うが、ここの講師が京大の人ばかりだからなのか。それは澤田が唯一、この京都の街ですごしていて嫌いなことだった。

　そんな謎の要人の車列が目の前を通りすぎるのを京都御所南の丸太町通で眺めていたが、片時も笑みをたやさない小さな中国人には確かにパンダのような特別なオーラを感じた。ただそれは、必ずしも好意的な感情ではなく、遠い将来の世代への澤田が抱いた底知れぬ不安なのかもしれなかった。

「いつか中国に全部技術を持っていかれて、日本は貿易もうまくいかずに落ちぶれるかもしれないぞ。手を振り、ニーハオを繰り返すが、間違いなく一党独裁の国だ。革命と称して自国の文化をやすやすと破壊できる国だ。そんな相手に甘い対応で勝てるはずはない」

　中国に乞われて父親が率いる業界団体が数年前に技術指導に行った際、帰国後に跡継ぎと見込んでいた澤田に話してくれた懸念の言葉が今も耳に強く残っている。

「お前は医者でも何でも好きなことをしていいぞ。日本は中国に技術をのんきに教えてばかりで、そのうち我が家の仕事もどうなるかわからんから。安い人件費を武器に、簡単に本家の日本が追い抜かれるさ。一度抜かれたら、抜き返すのは困難だ。相手は勝手にルールを変えかねない。情けないことに、なぜか政治家も役人もあの国に全然危機感をもってない感じだ」

　なぜ父がそんな言い方をしたのか今でもよくわからないが、中国大陸で実際に見て肌で感じた何か言葉にしがたい大きな不安があるのだろう。そして息子に実感を伝えたかったのであろう。だが、父の小さな会社の跡継ぎをしなくていいというのは、外交官か医師を目指したい澤田にとっては悪くないことでもあった。

第九章　銭湯の幻

昭和五十三年　十一月

紅葉を愛でに集まる観光客で京都の街が溢れんばかりになるころには、西の山に陽が沈むのがずいぶんと早くなる。あの太陽が沈む方角に故郷の福岡があるかと思うと、澤田は里恋しくてセンチな気分になってしまう。あと二カ月足らずで初めての共通一次試験なのだ。

世界的な神社仏閣の鮮やかな紅葉など目に留まらぬ東山南寮の浪人生たちだが、あらぬ方法で過酷な受験勉強の疲れを癒そうと、連れ立って目の保養にいそしむ毎日だった。

「おい、行くぞ。みんな仕度はできたか」

今宵も銭湯めぐり部隊の隊長である片山が隊員たちに声をかける。受験勉強には序列や秩序は関係ないが、規律ある行動や連携が要求される銭湯行動の際には、小隊の隊長は片山が努めていた。最年長の二浪であること。もっとも厚顔無恥であること。そして根っからの助平であることが隊長としての彼の資質を示していた。通常訓練時における歩兵三階隊員は、同じく二浪の若槻、一浪の湯浅と河辺、そして澤田だった。

東山南寮三階個室連隊に所属する全十一人中の五人は、片山隊長の勝手気ままな指令に従って、週に三から四回のスクランブル出撃に備えながら寝る間も惜しんで、本来の業務である勉学訓練に根気よく励んでいた。

三階の他の六人は、過度に真面目というか気が弱いというか、ようするに大胆かつ慎重を要する作戦行動の足手まといになると片山隊長が独断し、定例の銭湯訓練には同行を許されなかった。

「片山。今夜はどこに行くんだよ。一昨日の鶴の湯では番台のおばさんにひどく怒られたから当分行けないだろう。ありがたいことに、この前の晩はよく見えたけどなぁ」

東山南寮の周辺には、徒歩でも湯冷めをしない圏内に、幸いにも市内で最多を誇る五カ所の個性と伝統をあわせ持った銭湯がある。それぞれの湯客層には多少の差違があり、それは主に女子大生とオバサンの割合の違いによるものだ。それ以外にも番台の高さや仕切り板の有無にも作戦を左右する少なからぬ違いが見られる。

そして、もっとも影響が大きいのが敵側の見張り要員。仮に番台に座るのがうるさそうなおばさんや頑固なハゲ頭の爺さんだと、銭湯部隊は作戦行動を前に戦意喪失することもしばしばあった。

「今夜は久しぶりに松の湯に行こうか」

渋谷通を鴨川に向かって下り、大和大路を左に折れたすぐのところに松の湯はある。女子大生比率は地域でも最多を誇り、最寄りでもあり頻繁に通う銭湯だ。しかし、ひと月前のある晩に番台のおばさんにひどく叱られ、しばらく遠慮せざるを得なかった。そろそろ出禁も解けたころだろうと、楽観的な片山隊長は勝手に想像したようだ。

京都市内の入浴料金は、去年の冬の値上げで百五十円になった。京都に来るまで銭湯に無縁だった澤田にとっては、風呂にお金を払って入るという習慣は不思議だったが、こうして誰かと連れ立って毎日大きな銭湯に通うのも案外と楽しいのかもしれない。

「河辺、湯浅。千円札はちゃんと持ったか」

片山率いる銭湯部隊には不文律があった。先陣を務める口達者な神戸人の河辺が千円札でまず時間を稼ぐ。二人目の気弱な田舎出の澤田は二百円、三人目の自衛官を目指す湯浅も大枚千円札を番台に叩きつける役割だ。もっとも長時間の滞在が可能な役得の四人目が大方の推測どおり片山隊長だが小細工程度の二百円、しんがり五人目は怒られるのが大嫌いな若槻で、ピッタリ百五十円を番台のおばさんに笑顔の徳島弁で渡すように事前に詳細に決められていた。

いうまでもなく、おつりをもらうまでの永遠とも思える数秒間に女湯の脱衣場を眺めるための下衆の創意工夫であり、運よく番台の不意をつけば、最長五秒ほどの目のやり場に恵まれたものである。寮周辺には白百合女子寮を始め、建物内に風呂がない女子大の寮や下宿がいくつもあり、各銭湯には驚くほど女子大生が多かった。

番台に陣取る敵も当然プロで、万全の防御態勢を構築している。釣銭を瞬時に渡され、あえなく戦意喪失する夜も少なくない。

「ハイ、おつり。毎度お札と両替してくれて、うれしいわねぇ」

ニコッと笑いながら皮肉を言われる時もあるが、作戦が奏功して浪人生の動悸が鳴りやまぬ時もある。彼岸の一糸まとわぬ女子大生と眼が合うと、隊員の誰かに必ず過呼吸の症状が現れてしまう。

「おい、ケンジ。お前、大丈夫か。息が苦しいのか。そんな気弱では医学部なんて無理だな。医者になったら毎日卒倒してしまうぜ」

「うるさいなぁ。銭湯と受験は関係ないだろ。俺は男子校だったから女性の裸には免疫がないんだよ」

「男なら堂々としてろ。別に犯罪じゃないんだから」

堂々と扉を開けて入り、番台で規定の料金を支払い、正当な釣銭を受け取るまで番台越しに無関心を装ったうつろな視線を向けているだけなのだ。少々がんばって爪先立ちはしていても、飛び跳ねるわけでもなく、別に罪にならないはずだ。たまたま服を着ていない女性の姿が勝手に目に飛び込んできたにすぎないのだから。

「京都は銭湯がたくさんあっていいよなぁ。うちの地方じゃ、銭湯は十年以上も見たこともないよ」

それは多くの寮生たちの偽らざる感想だった。

広くて高い天井。湯煙の向こうの富士や松林。泡が出たり、温度が異なったり。他の客がいない場合、広い湯船で足を伸ばし気兼ねなくバタバタできる。毎晩の銭湯は非常にいい気分転換になった。

「おい、脱衣場にも誰もいないから、今が絶好のチャンスだぞ」

片山が急にヒソヒソ話をし出した。

「大丈夫かな。番台に見つかったら大変だぞ」

副隊長の若槻が片山に懸念を示す。男湯と女湯を仕切る壁は、高さ二メートルもない。その上端に手をかけ女湯側をのぞき見しようと片山が誘ったのだった。

忠告も聞かずに、真っ裸のままで片山は行動に移した。運動神経抜群の湯浅と河辺がすぐさま続く。気弱で真面目な若槻と澤田は、「医師がそんな違法で大胆なのぞきなど絶対にできぬ」と後に続かなかったが、実は腕力が弱くてあきらめただけだった。

三人が仕切り壁の上から頭を出し五秒ほどが静かに経過した時、すさまじい女性の悲鳴が壁の向こうの楽園から次々にあがった。

「ぎゃぁ〜。上からのぞいてる人がいるわぁ〜」

ただならぬ悲鳴が風呂中に鳴り響いて、番台のおばさんがすさまじい勢いで男湯に駆け込んできた。

すでに三人は壁から手を放し、何食わぬ顔で首まで湯船につかってシラを切ろうとしたが、歴戦のプロの眼をごまかすことなどできるはずもなかった。

「あんたら、またのぞいたんでしょ。いくらかわいそうな浪人生でも、容赦できないわ。番台越しならまだしも、女湯を直接とか絶対ダメだよ。そんなこともわからないようじゃ次も落第するわよ」

無駄な弁解をするでも、前を隠すでもなく、湯船で起立した片山は神妙な態度で裸のまま松の湯のおばさんにあやまった。他の四人もうなだれ、手で前を隠しながら、静かに嵐が収まるのを待った。

「今日はもう帰りなさい。ちゃんと反省するまでココに来ちゃダメよ。よそでも絶対にのぞきはダメ。わかったかい、短小のアンタ」

自制した若槻と澤田も一緒に出入り禁止処分をくらったが、弁解の余地はまったくない。故郷の家族が知ったら嘆き悲しむことだろう。

五人は濡れた身体をよくふきもせず、ほとんど髪も乾かさずに背中を丸めてそそくさと出ていくしかなかった。

「ほらっ、あの人たちよ。例の東山南寮の浪人生。東大や京大を目指しているらしいけど、また来年も落第すればいいんだわ」

女湯の脱衣場から罵声がいくつも聞こえたが、片山にとっては勲章のようなものだった。

「気にすんな。イイもの見れてよかっただろ。若槻と澤田は残念だったな。明日は東大路を越えて、桃の湯にでも行くか。あそこは京女の寮の近くだぞ」

どこまでも反省しない片山隊長だった。

十一月の夜風は、濡れた髪の頭には冷たすぎた。景気をつけようぜと、陽気な河辺が歌いだす。数年前に流行した「神田川」だ。

「……、赤い　手拭い　フンドシにして、五人で　行った　京都の風呂屋、……洗い　髪が　どんどん抜けて、……」

銭湯帰りによく歌うヒット曲の替え歌だ。東京下町の若い男女の歌なのだが、自分たちの曲だと思っているお気に入りの曲だった。

「……、三畳　一間の　窓なし個室、……」

特に一番感情がこもるこの歌詞では、自然と五人でハモる声が大きくなる。

「俺たちの歌だよなぁ。三畳一間って」

澤田にとってもその歌詞は特に胸に響いた。

「でもさぁ。神田川の男には一緒に暮らす女がいて、部屋にはおそらく窓くらいあるだろうしなぁ」

「そう考えると、つらくなるよなぁ。俺たちには両方ともない」

寮に帰る坂道で、澤田の洗面器の中で石鹸がカタカタと鳴った。何も怖いものはなかった、もうすぐに迫った受験の他は……。

松の湯に出禁になった翌週、澤田は初めての銭湯に出かけた。ひとりで出かけたのは、自分なりの反省の気持ちからだった。連中と女湯のぞきを続けていると、本当に二浪になるのではないかという不安が一番だが、女性に対する神聖な憧れが壊れ去る不安もあった。

三十三間堂の西にある華の湯までは松の湯への四倍近い距離があるものの、車も少なく静かな道で、ひとりで考えごとをしながら歩くにはほどよい道程だった。

二十メートルほど先にある華の湯の赤い暖簾をくぐり、ひとりで銭湯に入っていく若い女性の姿に澤田は驚きを隠せず、胸の鼓動がどんどん大きく速くなるのが感じられた。

漂う雰囲気は普段と違うが、片倉道代に違いなかった。最近は女坂へジョギングしなくなったので、しばらく会っていなかった。

この辺に下宿していることは知らなかったが、京女へ通学するにはいい場所かもしれない。通学時のりりしい姿とは異なり、無防備とも言えるほどすごくリラックスして穏やかな印象だったが、その上品な顔立ちを澤田は見まがうことはなかった。

何とか後で自然に彼女に話しかけられないだろうか。いつもより時間をかけ、澤田は身体中を何度も洗う。が、道代が女湯で入浴中だと想像すると恥ずかしい反応が澤田の身に起こってしまった。覚えたばかりの英語の難しいフレーズを思い浮かべて破廉恥な気持ちを静めようとしたが、思いのほか長い時間を要した。

それでも銭湯を先に出たのは澤田のほうだったようだ。

この時を逃しては今後二度と道代に会えないような気がして、澤田はもう少し待ってみることにした。幸い五分もしないうちに暖簾が揺れ、湯上りの道代の姿が現れた。

「あらっ、澤田君じゃないの。どうしたの。あなたもお風呂に来ていたの」

道代は久しぶりに会うことよりも、この場所で寒さの中を立っていた澤田の姿に驚いた様子だった。

「もしかして、私を待ってくれてたの。寒かったでしょう」

「いえ、ごめんなさい。ここには初めて来たのですが、先に入っていく道代さんの姿を偶然見かけたので、少しだけ待っていました。でも偶然なんです。決して追いかけたとかじゃないです。本当に偶然なんです」

年上の女性らしく、道代は落ち着いた表情で顔を赤らめている澤田にほほ笑みかける。

「そんなことわかっているわよ。澤田君が嘘をつけない男の子なのは知ってるわ。それにしても寒かったでしょう。せっかくお風呂で温まったのにねぇ」

「少し寒かったけど、こうして道代さんと話せて、また温かくなりました。待った甲斐がありました」

「まぁ、澤田君。女性とお話するのが上手になってきたわね。誰か好きな女性でもできたのかしら」

松本恵子の顔が一瞬思い浮かんだが、澤田は頭を左右に振った。ガールフレンドなのか、一緒に医学部を目指す単なる学友なのか、自分でも彼女との関係がよくわからなかった。道代もそんな意味で問いかけたのではないだろう。

「すぐそこによくうかがうすてきな喫茶店があるけど、少しだけなら時間があるわ。久しぶりにお話でもどうかしら」

「は、はい。ぜひ」

ふっくらとした白いセーターに身を包み深紅のマフラーを首に巻いた道代が歩く少し後を、澤田は離れすぎないよう、近づきすぎないように気をつけながら歩いていく。

石鹸のさわやかな香りが辺りに漂う。緊張の面持ちの澤田はその香りに導かれているようだった。

髪を洗った後の道代は普段とは髪型も違い完全に化粧を落としていて、眼のまわりと唇の色が少しだけ薄かった。彼女のジーパン姿を見るのも初めてだった。澤田は今夜これほどそばで道代の素顔を見るとは思いもしなかったが、普段の姿以上に美しいと感じた。

葉書サイズの色ガラスが幾枚もはめ込まれた木の扉の前で道代が立ち止まった。色ガラスの向こうから、温かな明かりがやわらかな音と一緒に外に漏れ出ている。小さな喫茶店のようだが、蔦がからまる壁や小さな花壇の品のよさを澤田は感心していた。

「ここよ、音楽好きなすてきな女性がオーナーなの」

道代が扉を開けてクラシック音楽が流れる店内に先に入った。

「人美さん、こんばんは」

先客はいなかった。

店主の人美は、三十代半ばで短い髪の上品な顔立ちだった。スタイルのよさも道代に何となく似ている。二人は十歳ほどの年齢差があっても、どこか姉妹のように気が合うのであろう。

「道代さん、いらっしゃい。銭湯の帰りなのね」

「そうなんです。お風呂の帰りですが、急におじゃましたくなって。今夜はクライスラーが流れてててすてきですね」

「お客さまがいらっしゃらないから、好きなレコードをひとりできいてたのよ。フリッツ・クライスラーの楽曲をクライスラー自身がバイオリン演奏してるの。音源は古いけど、それがまたいい感じ」

「すてきですよね。下宿では音楽をきくのも遠慮がちになります」

「そうよねぇ」

人美は澤田のほうにも、にこやかな笑みを向けた。

「今夜は道代さんにしてはめずらしく、お若いすてきな男性とご一緒なのね。そちらのテーブルはいかが」

普段はカウンター席に座る道代を、人美は窓際の小さなテーブル席に案内した。

「人美さん、澤田君です。私たちは……、お友だちかしらね」

少しモジモジしている澤田を、道代が店主に紹介した。

「本当ですか、お友だちって。まだ僕は浪人生で……」

道代は笑顔で澤田の言葉をさえぎり、店主に注文を始めた。

「澤田君はこの後受験勉強なので、濃くておいしい特製合格コーヒーをお願いします。私にはいつもの人美ブレンドをいただけますか」

「はい、承りました。それにしても、さすがはミス百万石ね。お風呂上りはさらに色っぽいわね。ではお二人、どうぞごゆっくり」

カウンター内に戻った人美が視線を二人から離すと、道代が落ち着いた声で静かに話し始めた。

「人美さん、すてきな方でしょ。ここにうかがうと気持ちが洗われるの」

普段の声のトーンとはまったく違うが、今日の澤田にはそれも心地よく聞こえる。

「ミス百万石って、道代さんのことですか。ミス金沢のことでしょ」

道代は苦笑いしながら、驚いている表情の澤田を見た。

「一昨年のミスに選ばれたの。仲のいいお友だちが知らぬ間に応募しててね。ホントは京都で学生しながらミス百万石としての活動なんて無理なんだけど。選ばれるわけないと思ってたけど断れなくて。まぁ、その話はよしましょう」

「どうりでとてもきれいな女性だと、以前から思ってました」

「年上の女性をからかってはいけないわ」

　昼間の登校姿しか見たことのない道代だが、店主が言うように化粧を落とした湯上り姿も匂うように美しかった。浪人生にとり眼の前の美女は、受験を危うくする魔性の女なのかもしれない。

「私の下宿先にも小さなお風呂があって遠慮なく利用できるけど、時々広いお風呂で開放的な気分になりたいの。金沢では銭湯には縁がなかったけど、京都の街に似合うっていうのかしら」

「僕らの寮には風呂がないので、天気が悪くなければ毎日のように銭湯に行きます。いつもは友だちと一緒に行くんですけど、先週半ばに近くの銭湯で友だちがのぞき事件を起こしてしまい、出入り禁止になりました」

　緊張のあまりか、彼は言わなくていいことまで話してしまった。

「とても反省しています。気分転換したくてひとりで初めて華の湯に来てみたら、偶然にも暖簾をくぐる道代さんを見かけて」

「澤田君も一緒に女湯をのぞいたのかしら。悪い子ね。勉強が手につかなくなるわよ」

「いや、僕はのぞきなんか絶対しません。ただ番台で向こう側に少し視線を向けるだけです」

「それも立派なのぞきでしょ。ダメよ、ほどほどにしないと。ところで澤田君、受験勉強はうまくいってるの」

「もう共通一次まで二カ月を切りました。志望校もしぼって二次試験対策もしなきゃいけない時期だし、あっという間に浪人生活もすぎていきます」

「今度も国立医学部を志願するの。二期校がなくなるとしたら、一校しか選べないのよね。どこを考えてるの」

「二浪するより私立に行けって両親が言うので、今回は滑り止めで私立も受験しますが、国立は金沢大学と、実家に近い今年新設したばかりの日野原医大のどちらかにしようと考えてます」

「かなり校風に違いがありそうな二校なのね。まさか、私のことを思って金大を志望しているの。私はまだしばらく京都で暮らすわよ」

「いや、そんなんじゃないんです。道代さんに相手にしてもらえるなんて決して考えてません。実は九月に金沢に行ったんです」

浪人生につきまとわれてないかと心配気な道代の顔がほっとした表情に変わった。

「そうだったの。金大の見学に行ったのね」

「いえ、そうじゃないんです。隣の部屋の寮生が金沢出身で、夏休みに帰省したまま新学期になっても寮に戻ってこなかったんです。開業医の跡継ぎ息子で三浪目なので、プレッシャーに押しつぶされたんだと思います。心配になったので、一日だけ予備校を休んで彼の家に行ってきました」

「跡継ぎを期待されたらつらいかもしれないわね。最近の医学部受験の難しさは尋常じゃないものね。それで彼はどうなったの」

「彼を家から引っ張り出して、旧制四高の記念館とか犀川や浅野川などを案内させたんです。普通の観光地には興味がないというか、時間がなかったというか」

「お待たせしました。受験のお話なのね。ごめんなさい、聞こえちゃった」

店主が、淹れたてのコーヒーを二人のテーブルに運んできた。

「澤田さんは医学部志望なのね。がんばってね。ごゆっくり」

人美は二人にほほ笑みかけて、再びカウンター内に戻っていった。

道代にうながされ、澤田は白いコーヒーカップを口に運んだ。

澤田はこれまで女性と二人だけでこうしてコーヒーを飲んだ経験はなかった。親しく話せるようになり心ひかれている恵子とも、あの送り火の夜以来一度も二人だけでデートをしたことはなかった。秋も深まり、お互いに受験を強く意識する時期になっていたから、それは自然なことだった。

コーヒーカップを持つ道代の手の指を澤田は見つめていた。透きとおるような白くて長い指だった。指輪もマニキュアもない自然な美しい指だった。

「澤田君は旧制高校が好きで、確か去年は熊本と鹿児島を受験したのよね。どうして今度は熊本じゃなくて金沢なの」

「以前から井上靖の小説が好きなんです」

澤田は全作品を読んでいたが、特に『夏草冬濤』や『北の海』などの自伝的小説が好きだった。

「そう言えば、以前にもそう話してたわね。じゃあ、内灘にできた井上先生の碑も見てきたの」

四高記念館で存在を知った井上の碑には、【日本海美し、内灘の砂丘美し。波の音聞きて生きる人のこころ美し】という一節が刻まれていた。それを読んで澤田が内灘に向かわないはずはない。

「行きました。北鉄金沢駅から浅野川線で。終点の内灘駅から歩くと時間がかかりすぎるのでタクシーに乗ったのですが、きれいな海が見渡せる高台の上には松林しかなくて。遠くに来たなぁって感じました。でも、眼下に広がる日本海の眺めはすばらしく、井上靖と同じ金沢で僕も暮らしたいなぁと思いました」

「九州と京都しか知らない澤田君には、金沢の冬は少し厳しすぎるんじゃないかしら。もちろん、私は故郷の金沢が大好きよ。京都とはまた少し違う日本のよさがあるの」

「そうですね。浅野川の畔の景色も印象的でした。幸い彼は数日後に笑顔で寮に戻って来てくれて、金沢まで会いに出かけてよかったと思いました。その後は立ち直ったみたいですし、お母さんから感謝のお手紙までいただきました。それを読んで、浪人生の親の気持ちを初めて知りました。僕の母も同じように毎日故郷で心配してるんだろうなぁって」

「いいことをしたわね。とても優しいのね」

「最終的に金大を受験するかどうかわかりませんが、悩んでつぶれそうになってた仲間のところに行って手助けできたのでよかったです」

そう言って道代に笑顔を見せ、澤田は濃いコーヒーを味わった。

「日野原医大はどうして。澤田君のご実家から一番近いのに、去年は見向きもしなかったんでしょ」

道代にも、それは不思議な組み合わせに思えたのだろう。実は澤田自身も不思議だった。

「最近予備校の担任から個人的にすすめられたんです。僕らがマドンナって呼ぶ国立医学部コースの新米担任がいるんですが、今年開校した日野原医大を紹介する新聞記事を切り抜いて、わざわざ僕に教えてくれたんです」

「へぇ〜。どんなふうに」

「地方の新設医科大学が北米スタイルの教育カリキュラムを全面的に取り入れたまったく新しい医学部を目指しているという記事でした。ウイリアム・オスラー医師という有名な内科医で医学教育者の理念を日本でも伝統や慣例にとらわれずにぜひここで実現させたいって、その新しい大学の古川という学長がはりきっているらしくて」

「確かにおもしろそうな医大ね。伝統も必要ですばらしいけど、新しい革新的な存在の一員として切りひらいていくのもめったにないチャンスじゃないかしら。困っちゃうわよね、一つしか選べなくて」

「そうなんです。ずっと高下駄履いてマントをはおるような旧制高校に由来する大学が希望だったんですが、マドンナの話を聞いてからは、先輩もいない革新的な理想に燃えた大学もいいかなぁって、次第に気持ちがかたむいてきています」

「そうなのね。きっと担任のほうも澤田君の性格とかから判断してすすめたんでしょうね。寮にテレビなくて観てないでしょうけど、六月から『白い巨塔』っていう連続ドラマを放送してるでしょ。私は澤田君にあんな変な伝統や慣習には決して染まってほしくないわ」

「意地悪な先輩がいるくらいなら、誰もいないほうがいいです」

その言葉に、二人はほがらかな笑い声をあげた。

店主の人美が静かに近寄ってきた。

「たのしそうなお二人さんだこと。コーヒーのお代わりはいかが」

澤田はもっと道代と一緒にすごしたかったが、道代の顔色を見ずに断った。

「勉強しなきゃいけないし、もう僕は寮に戻ります。道代さん、人美さん、今夜はありがとうございました。思いがけず、とてもたのしい時間をすごせました」

「そうよね。澤田君に今一番大切なことは受験勉強だから。もう帰りましょうね。澤田君、言わなくてもわかってるでしょうけど、女湯ののぞきは絶対ダメよ。また落第しちゃうわよ。まぁそれは冗談だけど、勉強はがんばってね。必ずいいお医者さんになってください」

二人は店主に見送られて喫茶店を後にし、互いに違う方向に歩みだした。少しほてっていた澤田には晩秋の夜の風が冷たく、肌に心地よかった。

街路灯に照らされた豊国神社や国立博物館の樹々の紅葉の色が、道代と別れたばかりの澤田の胸にしみた。

もう受験まで、あるいは生涯二度と道代に会う機会はないかもしれない。とうとう彼女の連絡先も知らないままだった。もしかすると、今夜の出会いは夢や幻だったのではないか。澤田は寮への静かな夜道をひとり歩きながら、不思議とそんなことを考えていた。

第十章　除夜の鐘

昭和五十三年　十二月

大きな段ボールの荷物が故郷の柳川から澤田に届いた。冬物の衣類と電気足温器だった。下半身を包み込む足温器は、澤田が中学受験のころから家で使用していた汗臭いものだったが、何より実家の温もりを感じてうれしかった。

いつものように母親からの短い手紙がそえられていた。

「京都は寒いんでしょ。子どものころから使っていた足温器も一緒に勉強仲間に加えてあげてください。この前の手紙に書かれていた志望校、どこでもいいです。無理せずに、決して二浪せぬよう自分で決めてください。風邪に気をつけて。つらい時期を共にすごす仲間は一生のお友だちになるかもしれません。寮長さんにも親切にしてもらってるようでよかったです。お父さんと一緒に、近所の天満宮さまに毎朝お参りに行っています」

この期に及んでいろいろ言ってもしかたないと思ったのだろう、あまり受験のことは書かれていなかった。

師走に入ると東山南寮の誰もが真剣な表情に変わっていた。ほとんどの寮生は第一志望を決め、無駄な雑談も減っていた。

片山率いる銭湯部隊も数週前に自然解散していた。湯冷めして風邪をひくのが怖くもあり、銭湯へ行く頻度をかなり減らして勉強に励んでいた。澤田も何度か片山と一緒に松の湯へ出かけたが、まるで生まれ変わったように品行方正になっていた。

女坂や阿弥陀ヶ峰への澤田のトレーニングも絶えて久しかった。道代を思うことも少なくなって澤田の停滞していた成績も挽回し、何とか受験生らしくなってきた。

寮長も、受験が近づくにつれ明らかに面倒見がよくなっている。

「物理や化学や生物がわからない奴は遠慮なくききに来いよ。なんなら数学でもいいぞ」

山崎は寮長の仕事が好きなのだろうか。優しく朝夕の食事の時に声をかけている。三年目ともなると、この時期の寮生たちの気持ちを導くコツを知っているのだろう。

「最近、天地さんの姿を見かけないなぁ。さては振られたかぁ」

「たぶん、マリさんは予備校の仕事が忙しくなったんだろ。受験前にカマキリなんかに会いに来るはずないよ」

「それもそうだな。だけど、カマキリに勉強習ったら間違い教えそうで、俺はやめとくわ」

寮生たちは好き勝手に寮長をネタにして、受験勉強の息抜きにしていた。

「おい、片山。あとでちょっと部屋に来てくれないか」

食べ終わり三階の部屋に戻ろうとする片山に寮長が声をかけた。

「はい。五分ほどしてから行きます」

師走十四日の金曜日、冷たく澄んだ東の空に満月が昇っていた。


「恵子ちゃん、もう志望校は決めたの」

澤田は授業の休み時間に、前の席に座る恵子にたずねた。

「京都府立医大にしようと思うわ。ケンジ君は決めたの」

京都府立と聞いて、恵子を慕う澤田の気持ちが大きく揺れた。澤田も府立なら合格圏内だが、もし京都で暮らせば、道代と恵子という二人の女性の間で苦しむだろう自分を容易に想像してしまう。そうなれば大好きな京都の街の暮らしさえ、つらいものに変わるかもしれない。

近ごろの澤田は女性のことよりも大学選びを優先したいと考えるようになっていた。予備校選びの時に、あれほど東京の大学へ進学した片思いの女性と同じ東京に住みたいと願ったというのにである。医師としての人生を歩み始めるのに、まだ何か大切なもの、理想の医師像を見つけていないと思うようになっていた。親元を離れた一年間の浪人生活が、澤田を少しは大人に育てたのだろうか。

「僕は、今のところ日野原医大かなぁ」

「北米型カリキュラムというのにひかれたのね。ケンジ君らしいかもしれないわね」

恵子は少し残念そうだった。

「京都の街で暮らしながら、恵子ちゃんと同じ府立医大に通ったらたのしいだろうなぁ」

「ねぇ、ケンジ君もこのまま京都で暮らさない。府立医大で私が恋人になってあげるから。もしも日野原医大や金沢なんかに行ったら恋人にはなってあげないから」

そう言って、恵子が笑った。

「さぁ、あともう少しよ。ケンジ君、一緒にがんばろうね」

いつもさわやかな恵子に、澤田はすごく心ひかれていた。

とうとう大晦日が訪れた。年明けすぐに今年度から始まる共通一次試験の日が訪れる。澤田の受験会場は吉田山の横にある京都大学の校舎だった。雪が降れば試験に遅れないようどうしたらいいかなど、誰もが緊張して年末をすごしていた。

　大晦日の銭湯は夕方にはしまうので、澤田たちは昼すぎに松の湯に出かけた。年末で女子大生の声は仕切りの向こうからいっさい聞こえない。帰省するか旅行に出かけていることだろう。

　今年最後の夕食は東山南寮の名物カレーライスだった。例によって、各自に生卵が一個ついている。故郷の福岡ではありえないパターンだが、いつのまにか澤田にもそれが当たり前になっていた。

「今夜はどうする。八坂神社へ行かないか。めでたい火縄っていうのがもらえるらしいぜ」

「へ～、めでたいなら行ってみるか。タダなんだろうな」

「知らんけど。縄と火だから俺たちにも買える値段だろう」

「火が消えないように縄の先を振り回しながら家に帰って正月の料理に使う風習だとか聞いたけど、よく知らん」

「あ～アレね。をけらまいり。もし寮にたどり着く前に火が消えたら受験は失敗で、火の勢いが強まったら受験は楽勝。普通に消えないだけならギリギリ合格って、担任の天地マリが言ってたよ」

「マドンナはお前をからかっただけだろう。オケラかオカラか知らんが、そんなんで合否が決まってたまるか」

「とにかく俺は行く。社長にも頼まれたからな。誰か一緒に行かないか。十時半には出かけるぞ」

「社長がなんでお前に頼むんだよ」

「八坂神社の近くに、長命館って古い建物があるんだけど知ってるか。あそこも望月吉兵衛というこの建物を建てた人が同じころに建てたって四月に社長が言ってたのを覚えてるだろ。だから、社長は毎年お正月には、八坂神社から東山南寮へと縁起のいい火をつなぎたいらしい」

「へ〜、ホントか」

大晦日に特製カレーライスを一緒に食べながら皆でワイワイガヤガヤ、今宵のスケジュールが決まった。京都でしか経験できない大晦日の有名な年中行事で少しの時間をつぶしても落第はすまいと、寮生の多くが夜遅く八坂神社へと出かけるようだ。

夜十時半をすぎると寮は静かになった。東山南寮に来て以来、こんな静かな夜は初めてだ。三階で明かりが灯っているのは、右前の片山と左隣の加賀だけ。いつもは真っ先に出かける片山だが、先月から急に人が変わったように真面目になったと澤田は感じていた。

十一時半が近づくと、夜の静寂をやぶるように梵鐘の音が聞こえ始めた。初めて京都で聞く除夜の鐘だ。澤田は八坂の火縄よりも、静かに除夜の鐘をひとり聞いてみたいと寮に残っていた。

澤田は部屋を出て、赤いカーペットの中廊下の突き当りにある扉を開けて奥へと入った。今夜は新月の夜で暗く、なかなか眼が慣れないものの、足元に注意しながら隅にあるはしごを伝って三階個室の上にある天井の梁に上った。これまで何度か上っていたので、暗くても何とか大丈夫だった。

母親が先日送ってくれた橙色のマフラーと辛子色の毛糸のセーターを着込んでいた澤田は、明かり取りのガラス窓を少し開いた。冷気が静かに入り込んでくるが、幸い風はなかった。

八坂神社に出かけた連中は、今ごろどうしているだろうか。すでに火縄を振り回しながら帰路についたころだろうか。それとも詣客で混雑してまだ火縄を手にしていないのだろうか。今夜は門限もないと寮長が言っていたから、合格祈願の初詣をして帰るつもりかもしれない。澤田は静かに除夜の鐘を聞くのをじゃまされたくなかった。

　鐘はいくつかの方向から重層して聞こえてくる。除夜の鐘をつく寺は、他の都市とは比較にならぬ多さだろう。方角だけでなく、鐘の音の大きさも音色も様々だった。一番大きく聞こえるのは、すぐ近くの方広寺の鐘の音だろうか。知恩院の鐘と大きさや重さの日本一を競うほどの大鐘だ。徳川を怒らせたと言われる国家安康の銘が刻まれた有名な鐘は見るものを驚かせる。

　澤田は鐘の音を聞きながら、京都に来てからの日々を思いだしていた。落第の嵐を乗り越えた先にたどり着いたこの煉瓦の城。志望校を決めきれないまますぎていった季節。孤独な心を癒し支えてくれた恵子と道代。浪人生の母親の温かな気持ち。東山南寮で出会い協力し合った仲間たち。意見が衝突した先輩や途中で寮を去った男。鴨川、大文字、法然院。夏の終わりに内灘で眺めた日本海の夕日。

　今思えば、どの瞬間も澤田は一生懸命だった。それが来る年の合格の喜びに通じているかは、今はまだ誰にもわからない。ただ幸運を京都中の神さまと仏様と響き渡る除夜の鐘にお願いするのみだ。

　その時、足元からガタンと個室のドアが開く音が聞こえた。片山が部屋から出てきたのだった。天井の突き出した場所の梁に座る澤田の姿に気がついたのか、片山が上を見上げている。

「おう、澤田。そこにいたのか。鐘の音はよく聞こえるか」

「来るか、少し寒いけど」

「ちょっと小便してから行く」

しばらくして、片山が澤田のいる天井の梁に上ってきた。温かそうな紅色の丹前を着ている。愛媛の母親が先月送ってくれたという。

「お〜、さすがに京都、いい鐘の響きじゃないかぁ」

二人は星明かりの下に広がる黒々とした甍の波を眺めている。

「なんで片山は八坂神社に行かなかったんだ」

「京大に受かれば何年もまた京都で暮らすから、今夜わざわざ行かなくてもいいしな。とにかく合格しないと。だから勉強することにした。大晦日に除夜の鐘を聞きながら勉強するほうが今の俺には大切かなぁと思ってね」

「片山って、先月から変わったよね。カマキリに呼ばれたのか」

片山は何も答えずにじっと鐘の音を聞いていた。鐘の音を黙って二、三度聞いて、小さなため息の後にゆっくりと口を開いた。少し笑っているようだった。

「あぁ、先月の満月の夜にな。澤田も誘われたことがあるんだろ」

澤田は一呼吸置いてから片山の問いに答えた。

「八月の満月の晩だった」

「他にも誰か呼ばれたのかなぁ」

「たぶんな。加賀さんが九月初めに金沢から戻って来なかっただろ。そんな悩んでる寮生をカマキリが何とかしてあげたいと誘うんじゃないのかな。若槻も誘われたようだ」

除夜の鐘はまだ方々から鳴り続いている。

「俺は今月もまたカマキリに誘われた。やはり満月の晩だった」

「二度も誘われたのか。よっぽど素行が悪いんだな、それは」

「それがなぁ、残念ながら逆なんだ」

「逆って、何があったんだ。まさかほめられたとか」

「まぁ、そんなところだ。十一月は銭湯でどなられたり成績も伸び悩んでた時期で、厳重注意だぞってな感じであの壁を前にカマキリにいろいろさとされた。その後に俺の感じが何か変わったとお前が感じたんだろうな。確かにそのことで心を真面目に入れ替えるきっかけになったんだ。ちょうど愛媛から心配する母親の手紙も届いてね」

「実は俺も、近ごろ母から手紙をもらうと涙が出そうになる。でもお前、ホントに寮長にほめられたのか。いったい何があったんだよ」

　片山は普段と違う神妙な顔をして、隣に座る澤田の眼をチラッと見た。そして二人はまた窓の外の暗い大晦日の夜を見つめた。

「京大に合格したら、来年から寮長にならないかって言われた」

「えっ。寮長って、この東山南寮のか。お前がかぁ」

「そうなんだ。驚くだろ。実際、十一月から急に成績が伸びて、京大理学部は合格確実圏内に入ったんだ。カマキリも来年は寮長をやめたいらしい。理由までは聞かなかった」

「カマキリがやめるのか。三年生だから、来年はいろいろと忙しいのかもしれないな。ああ見えて、天地マリとの噂もあるからな」

「美女とカマキリ。いくら京大ブランドがすごいからって、笑わせるな……だよな」

「で、お前は寮長になるつもりなのか」

「まぁな。寮長には京大理系の東山南寮卒業生がふさわしいんだってさ。部屋代も食事代もいらないし、少しは給料もくれるから。それに、俺はこの東山南寮も好きだし。もちろん、この辺りの銭湯も大好きだし」

「確かに……。寮長室は広いしな。窓なし三畳一間と比べたら天国だろう。寮長って言っても大した仕事もないみたいだし」

「それがなぁ。カマキリに重要な役目を指示された」

「何だ、それ……。まさか、アレのことか」

　片山は大きく一回うなずいた。

「そうだ、アレの秘密を聞かされた。そして、その役割を俺が来年からは果たすように、誰にもアレを口外しないようにと何度も念を押された。もうすでにこうして約束をやぶってるがな。絶対に誰にも言うなよ、澤田」

「絶対に言わないから少し教えろよ」

　誰もまわりにいるはずもないのに、片山は辺りを気にしながらひそひそ声で澤田に秘密の一端を話してくれた。

　いつのまにか昭和五十四年を迎えたのであろう、もう除夜の鐘も聞こえなくなっていた。

「澤田も不思議な壁を見ただろう。陶器の板に書かれた言葉や、淡く輝く煉瓦の壁に描かれていた四隅の文字を。懐中電灯の光を当てるとボ〜ッと文字が浮き出て見えるが、心理状態にも関係するみたいだ。おそらく満月の晩だけだが、あの空間に吉兵衛さんの魂みたいなのが現れるそうだ。あの場所で何か不思議な音の響きを感じなかったか。アレは悩める若者に吉兵衛さんが何かを語ってくれている時にだけ聞こえるみたいだ」

「確かに何か波動のようなものを俺も感じたよ。世界に勇気をもって飛び出せって言われてるような感じがしてジーンときた」

「だよな。俺は大志を抱けって言われた気がした。人により聞こえ方は違うみたいだけど、俺が遊んでばかりに見えたんだろう。もしも寮長になったら女湯ののぞきなんかは二度としないがな、たぶん」

「来年からは元のぞき魔の片山寮長が東山南寮の後輩たちにありがたい説教をするんだな。何だか少々心配だなぁ」

「アホッ。とにかく、誰にも秘密だからな」

その時、足元から何人もの笑い声や足音が聞こえてきた。澤田が片山に声をかける。

「もう降りようか。火縄も見てみたいし、願掛けもしたいし」

八坂神社で初詣をすました連中が、寮内でもクルクルと火縄を振り回していた。幸い誰の火も消えていなかった。

「よぅ、お帰り。新年おめでとう。楽しかったか」

頭上からの声に驚いて八坂神社から戻った連中が見上げると、片山と澤田が笑って見下ろしていた。

「そんなところで何してるんだ。新年早々ビックリさせるな」

「除夜の鐘をききながら、合格後の幸せな日々を思い描いてた」

「ゆっくり降りて来いよ。途中で落ちたら試験も落ちるぞ」

二人は赤いカーペットが敷かれた三階の廊下に無事降りてきた。

「加賀さんは部屋で勉強してると思ってたけど、妙に静かだな」

加賀の部屋をノックして、片山が扉を勝手に開いた。電気スタンドをつけたまま机にうつ伏せで眠る加賀の口からよだれがたれていた。

「そのまま寝せておこうよ」

澤田は加賀を起こしてからかおうとしている片山を制止した。

「加賀さんは三浪だから、年越しには特別の感慨もわかないのだろう。そのままにしとこうよ」

澤田は、若槻たちが手にしている火縄を見せてくれと頼んだ。

「こんなふうになってるのか。おもしろいなぁ。でも朝まで振り回すわけにもいかんしな。消したら合格のお守りにしたり、部屋のドアにでも結んでおくんだな。もし外れてたら落第するらしいぜ」

「ちゃんと火を消してから寝ろよ。窓もない寮で焼け死んだら、故郷の両親がなげくだろうから」

早くも寮長気どりなのか、片山が顔に似合わぬことを言う。

「合格祈願には八坂神社と除夜の鐘のどっちが効果あるか、三月が今から楽しみだな」

「だったら加賀さんは……、まぁいいか」

東山南寮三階の十人は笑いで年を越した。加賀だけは待ち焦がれた春を夢見ながら新年を迎えていたに違いない。

新年を迎えた朝、寮長は東山南寮内で年越しをした全員を食堂に集めた。実家が近い二人は、昨晩だけ帰省していた。

久しぶりに直哉と佐知子夫人も山崎と一緒だった。

「年末年始、帰省せず東山南寮で一生懸命勉強に励んでいることでしょう。ご苦労さまですね。今年こそはみなさんにとりすばらしい年になることを私たち夫婦も願っています。寮の歴史は短いですが、合格実績は年々確実に上がってきています。ぜひ全員が志望校へ合格できますよう、私たちも年末年始は神社仏閣をめぐっております」

寮生たちは普段着のまま、思い思いの姿勢で社長の新年の挨拶を聞いている。眠そうな顔をしている寮生が多いことに気がついたのか、社長の声のトーンが突然あがった。

「ですが……、我々の一番の神さまは、東山南寮の建物の創始者である望月吉兵衛さんです。彼が若き寮生たちを毎日見守ってくれているはずです。ここには彼の魂が宿っており、知らず知らずのうちにみなさんを成功へと導いてくれています。北野天満宮の菅原道真公は遠く大宰府におられますが、吉兵衛さんは常に東山南寮とともにあります。彼は、新進の気概を胸に、大志を抱き勇気と情熱をもって何事にも挑み前に進んでいきました。みなさんも仲間と協力し合いながら合格を勝ち取り、いつか世界へと羽ばたくような大活躍をされることを期待しています。もう少しです。がんばって。来年も寮に残りたいと言っても絶対に許しませんので」

社長夫妻の横に立つカマキリのそばに、いつのまにか天地マリが寄り添うように立っていた。

「みなさん、明けましておめでとうございます。京都の年越しいかがでしたか。いっぱい除夜の鐘が聞こえてきてすごかったでしょ。和田君、加賀君、若槻君、佐世君、湯浅君、八若君、そして澤田君、まずは初めての共通一次試験がんばってくださいね。最終志望校はそれで決まるからとても大切よ。もちろん、国立医学部コース以外のみなさんも絶対に志望校に合格してください。祈ってます」

「いいか、自分を信じてがんばれ。社長も俺も吉兵衛さんも、お前らの合格を祈ってる。わざわざ天地さんまで激励に来てくれたぞ」

カマキリが最後に檄を飛ばした。

「なぜ天地マリが東山南寮にまで元旦に来るのかな」

「あの噂は本当みたいだな、やっぱり」

ヒソヒソ話をさえぎるように、勝手に寮生を代表して片山が発言した。

「俺たちも今度こそは合格して、マリさんみたいなかわいいガールフレンドを絶対作ってみせます。がんばります」

「俺も……」

何人もが異口同音に声をあげる。

「新年早々、かわいいと言ってくれてありがとう。気持ちはわかりますが、合格まで女性のことは考えないほうがいいと思うわ」

天地マリの優しい言葉に寮生たちは笑いでこたえた。

いよいよ京都駿台東山南寮でも勝負の年が明るく幕を開けた。

第十一章　後輩の秋

昭和五十四年　晩秋

早春に幸運を拾い、澤田は新しい環境で初めてのひとり暮らしを始めていた。

志を同じくする新しい友を得て、幾人もの利発な女性と同じ教室で学び、昼も夜も様々な刺激に若き身を委ねていても、彼はどこかに何か大切なものを残してきた思いをぬぐえなかった。


十一月下旬、大学生になった澤田は初めて京都に戻ってきた。夜行列車を利用した輪行の旅で、医大入学と成人の祝いに両親からプレゼントされたスポーツ自転車と一緒だった。

その自転車で夏休みにはひとりで北海道を周回してめぐった。民宿をつなぐように北の大地を走り続け、疲れ果てて眠る毎日を約二週間楽しんだ。カマキリの故郷である弟子屈へも立ち寄り、摩周湖と屈斜路湖への長い坂道を観光バスや車の家族連れに励まされながら息を切らして駆け上った。足の向くまま気の向くまま、彼は自由に旅する医大生になっていた。

博多駅から夜行寝台特急なは号に乗り、翌朝八時前の京都駅に到着すると、さっそく澤田は駅前の広場で輪行袋から取り出した自転車を組み立て始めた。秋空は高く晴れて風もなく、この季節にしては温かな朝だった。

「おはよう。あなた、遠くから来たの」

組み立て作業がめずらしかったのか、優しそうな三十代半ばの女性が立ち止まり、澤田に声をかけた。

「九州です」

「これから自転車で京都をめぐるのね。どこまで行くのかしら」

「鞍馬から花背峠を越えて、周山街道をグルッと走って、高雄を通って市内へ戻ってこようかと思います」

「それはまたすごいわね」

澤田自身も明るいうちに戻って来れるか少し不安だった。

「秋の周山街道がよさそうだったから、思い切ってきました」

「紅葉がきれいな季節だけど、花背峠まで自転車で行くのは大変でしょうねぇ。若いっていいわねぇ」

澤田はどこかで聞いたような声や話し方にも感じたが、そのまま手を休めず作業を続けた。

「去年は紅葉を楽しむどころじゃなかったし、京都の観光もあまりできなかったからですね。それに、街中にも一カ所だけ寄りたい場所もあるし」

「あら、去年は京都に住んでいたのね。じゃあ、立ち寄りたい場所って、その住んでいたところなのね。きっと懐かしく迎えてくれるでしょうね」

「いえ、もうそこには知人はひとりしか残ってないし、その友だちも平日だから大学へ行ってる時間かもしれません。実は予備校の寮なんです」

「あらそう。どの辺りなの」

「国立博物館の北側です」

女性は驚いた表情で、改めて澤田の顔をまじまじと見つめた。ようやく一度だけ会ったあの夜のことを、彼女ははっきりと思いだしたようだった。

「ひょっとして、道代さんのお友だちじゃない。片倉道代さん」

今度は澤田がビックリする番だった。その女性は、一年前に澤田が道代と銭湯帰りに立ち寄った喫茶店の店主に違いなかった。

「あなたは、あの夜の……」

「そうよ。銭湯帰りに二人で来てくれたわよね。やっと思いだしたわ。お元気そうでよかったわ。志望校に合格したのね」

「はい。あのぅ……」

「何、もしかして道代さんのこと。その後、会ってないの」

澤田は悲しそうな表情でうなずいた。

「連絡先も知りません。アレが最後でした」

「そうなのね。彼女は志望校がどうなったかとか、合格したのかとか、お店に来るたびにあなたのことをとても心配してたわよ」

「えっ、僕のことを心配してくれてたんですか、道代さんが」

人美はニッコリとほほ笑んだ。

「道代さんって、きっと澤田君のことを好きだったんじゃないかしら。私の勘だけど」

澤田は人美の思いがけない言葉に顔を赤らめた。

「最近は論文を書いてるとかで忙しいみたいだけど、今度彼女にお会いしたら、今日あなたと出会ったことを伝えておくわね」

澤田は迷いながら言葉を探していた。

「あのぅ、一つお願いできますか」

「なに？」

澤田はメモ紙を取り出し、シャープペンで走り書きした。

「僕の連絡先です。これを道代さんに……」

澤田は顔を赤らめながら、小さな紙片を人美に託した。

「いいわよ。必ず渡します。彼女、とてもすてきな女性よ。逃しちゃダメよ」

予期せぬ言葉に返事ができない澤田は、その年上の女性からからかわれてるとは思わなかった。

「寮のお友だちとも会えるといいわね。若さってすばらしいわね。気をつけてお行きなさい」

そう言って女性は駅の構内に入っていった。祈るような気持ちで、澤田はその女性の後姿をずっと見つめていた。


秋の陽が隠れかかるころ、高雄から市街地へ入った澤田は京都駿台の前で止まり中をのぞき込むが、天地マリの姿はなかった。

御池通を東へと向かうと、夕日に照らされ燃えるような東山連峰の稜線が懐かしい。

開店の準備で活気づく木屋町通。五条の橋を渡り、せまい大和大路を澤田は先を急ぐように南へと向かう。左手に広い道が現れ、坂の先に赤い煉瓦の城が現れた。

近づくのを恐れるような気持ちで澤田は自転車を降り、決して眼を離さぬよう押しながら渋谷通の坂をゆっくり上っていく。

半月が近い上弦の月が南西の空に浮かんでいた。

二階の窓に明かりが灯っている。三階の様子はうかがえないが、除夜の鐘を聞いた屋根から突き出た明かり窓が淡い黄色い光をもらしている。紅葉や行楽と無縁の新たな寮生たちが、今年も同じように勉強しながら暮らしているのであろう。

澤田は北へせまい路地を入っていく。古い煉瓦塀が途切れ、左奥の階段の上から聞き慣れた声がきこえてくる。早めに駿台から帰って来た寮生たちと、寮長になった片山が冗談を言い合っていた。

「片山寮長って、女性とつきあった経験ないんでしょう。銭湯で女湯をのぞいて警察を呼ばれたって噂がありますけど、ホントですか」

「バカ、何言ってる。俺は女には飢えてないぞ」

「でも去年、寮長が女子寮に忍び込んで一晩警察署ですごしたって噂もありますよ」

「アホ、俺がそんなドジを踏むわけないだろ。デマだ、デマ」

「満月の晩に寮長が狼男に変身するって噂さえありますよ。寮生をさらってどこかに消えるという噂。実は男色なんですか。それもデマですか。見た奴だっていますよ」

「もうどうでもいいから。お前ら今度も落第するぞ。夕食まであと一時間、さっさと小便してから勉強してろ」

実に片山らしい、まったく威厳のない寮長生活一年目だった。悩める寮生への秘密の場所での例の指導も、早々に誰かに気づかれ噂までされている。口が軽い片山には、寮生たちの口はふさげそうもない。

「俺はこれから風呂へ行ってくる。お前らは勉強しとけよ」

「片山寮長、女湯のぞきはダメですよ〜」

「ウルセ〜、ばぁか」

トントンと大きな音を立てながら鉄製の階段を細身の男が下りてくる。手には懐かしい銭湯セット一式を持っている。

澤田は片山の顔を正面から見ることになった。片山はせまい路地に自転車と一緒に立っている懐かしい顔を見て驚いている。

「お〜ぉ、澤田じゃないか。久しぶりだなぁ」

「寮生たちになめられてるんじゃないのか、寮長さんよ」

「冗談交わしてただけだ。少しは寮生にもバカ話をして息抜きさせてやらないとな。おい、お前も一緒に久しぶりに松の湯へ行かないか。自転車はその辺に置いておけ」

澤田も懐かしい銭湯で夜行列車以来の汗をサッパリ洗い流したくなった。

「今でも女湯のぞきやってるのか。さっき、寮生たちが言ってるのが聞こえたぞ」

「たまにな。お前らと一緒だった時と違って、ひとりじゃなかなか難しいな。お前、千円札を持ってるか」

「俺はもうのぞきとかしないよ。医学部に行ってて女湯のぞいてたらヤバいだろ。お前も寮長なんだから、女湯のぞきは卒業しろよ」

「だよな」

二人はすっかり暗くなった坂を松の湯へ向かって下っていく。

「カマキリはどうしてるんだ。四年生だろ、今は」

澤田は世話になった山崎のことも知りたかった。

「噂では、お前らの担任だった天地マリと左京区のアパートで同棲してるんじゃないかって言われてる。誰も見た奴はいないけどな」

「へ～、そうなのか。やるなぁカマキリ。片山も天下の京大生になったから、すごく女にモテるだろ」

片山には無理なことを承知で澤田は聞いてみた。

「俺は学問が恋人だから、人間の女には縁がない。でもまぁ、もしかわいい恋人ができれば寮長はやめたいな。お前はどうだ。新設の医科大だし、女子学生とか一割くらいしかいないだろ」

「確かに百人中、十三人だな。でもまぁ、俺も部活で忙しいから、女なんてどうでもいい」

「嘘つけ。ホントか」

「実はかわいい同級生に、あっけなく振られたばかりだけどな」

「情けない奴だな。まさか、傷心旅行でわざわざ京都に来たのか。そう言えば、予備校で仲良しの女がいたよな。聞いたぞ、府立医大に入学したんだろ。その子に会いにでも来たか」

片山から恵子の名前が出たので澤田はどきりとした。

「恵子ちゃんか。いい子だったけど、大学選びの段階で振られたみたいなもんだし。でも別に、そんなわけじゃないよ。ただ京都の街が好きだからだよ」

「まぁいい。おおいに恋をしろ。青春はあっという間だ。俺たちは数年損してるからな。ところで、部活は何やってるんだ」

「馬術部だ。毎日馬に乗ってる。障害飛越競技って知ってるか」

「ほ～、めずらしいなぁ。お前、馬にも乗れるのか。時代祭りや葵祭の学生バイトができるじゃないか。サイクリングも好きなのか。そう言えば、お前は駿台まで自転車で通ってたもんな」

「今年の夏休みは自転車で北海道へ行き、ぐるっと一周して、日高のサラブレッド産地も走って来たよ。カマキリの故郷にも行った。いいところだったなぁ」

二人は松の湯の暖簾をくぐった。片山が澤田の背中を押して言う。

「先に入って、千円札で払えよ」

「お前、こりない奴だなぁ」

二人が笑うのを番台の親父が横目で見る。

「君の顔は見覚えあるなぁ。去年のぞき見して出禁にした奴だろ」

「いや、たぶんそれは人違いです。僕は九州に住んでますから」

脱衣場には他に誰もおらず、浴室にも小さな子ども連れの親子がいるだけだった。時間がまだ早いからだろう。仕切り壁の向こうの女湯からも声は聞こえない。

「今夜帰るのか」

「いや、もう博多まで今日中には帰れない」

澤田は久しぶりの松の湯でサッパリできたが、本音では片倉道代と出くわした華の湯にひとりで行こうと思っていた。

「寮に泊まっていけよ。寮長室は余裕があるから」

「そうしようかな、いいのか」

「ついでに夕食も食えよ。今日はカレーの匂いがしてた」

澤田は後輩たちと一緒に、薄暗い食堂でカレーライスを食べた。

「懐かしいな。出身地でライスカレーと言ったり、カレーライスと言ったり。寮生間の論争だったよね」

「去年と同じ味だ。相変わらず生卵がついてるぜ」

懐かしの味を堪能した澤田は、片山が暮らす寮長室を訪れた。カマキリが寮長だった時とはすっかり趣味が変わっている。

「俺は向こうのベッドで寝るが、澤田はその辺に寝転んでくれ。男と一緒に寝るのは気色悪いし。野宿よりはいいだろ」

そこは三畳一間の個室に比べたら天国だった。

「どうだ、寮長っておもしろいか」

「そうだなぁ。寮生と寮長の両方を経験できるとか、貴重な人生経験だよな。おもしろいという言い方はどうかと思うけど、人を見る目は養われるかもな」

「部活とか、男女交際とか、普通の大学生がやってることが当然ながら制限されるだろ。家賃や食費はいらないんだろうけど」

「今はこれでいいよ。もしも寮長として後を任せられる奴が見つかったら、そいつに任せたいけど」

「誰かをあそこに満月の晩に誘ったことがあるのか」

心に引っかかっていたことを澤田は聞いてみた。

「そうだな。何度かあるよ」

「どんな奴を誘うんだ。何か基準でもあるのか」

「まずは、成績などで悩んでて翌年も落ちそうな奴。去年なら加賀さんとか、若槻とかだな。玉川もそんな感じのひとりかな。次は、志望校がなかなか定まらずに目標を見失ってる奴。これはお前がそうだっただろ。文系か医学部かフラフラ予備校で悩むような奴は多くはないぞ」

「なるほど。じゃあ、片山はどっちだよ」

「俺は別さ。寮長候補と見込まれて呼ばれたからな」

「そうなのかなぁ。寮長の基準って何なのさ」

片山は少し考えて、自信ありげに答える。

「毎年適任がいるわけじゃないけど、まず第一は成績だろうな。京都大学の理系に合格しそうな奴だな。理系ってのは、アレだな。文系だと理系の浪人生の相談に乗れないからな、受験科目の関係で。それに、合格した後も真面目に大学生活を送りそうだろ」

「そうかもな」

「次は、お金に余裕がなくて、寮長の仕事を蹴りそうもない奴。裕福だったら受けないだろうし。あの秘密をバラしてから誘うので、その後に断られるとマズいだろ。そして、寮生のイジメに負けない強いメンタルの持ち主かな」

「なるほど。カマキリも片山も、返り討ちにしそうだもんな」

片山は文句がありそうな表情を見せた後でニヤリとした。

「もひとつ、一番大切なことがある」

「何だそれ」

「真面目で品行方正で、何より若者たちを教え導くことを喜びとできる奴だ。それが俺にピッタリだったらしい」

「プッ。女風呂のぞきが趣味の奴がよく言うよ」

「それは、寮の外なので除外理由にはならないらしい、たぶん」

澤田は片山らとの去年の寮生活を懐かしく思いだしていた。もう一年やれと言われても嫌だが、あの一年が今の大学生活をよりよいものにしてくれている。

「もう一度、あそこに行ってみたいな」

片山はそれがどこかすぐにわかった。

「そうか」

「今夜は上弦の月だけど、満月じゃなくても行けるんだろ」

「それは行けるけど、満月の晩だけしか彼は現れないとカマキリには聞いてるけどな」

「そうなのか。でもさ、あんな亡霊というか幻想というか、あんなのはたぶんこちらの思いこそが眼の前に呼び出すんじゃないかな。だからすごく会いたい気持ちで念じたら、満月の晩じゃなくても出てきてくれるんじゃないか」

片山は黙って澤田の眼をじっと見ていた。

「澤田、お前もそう考えたんだな」

「きっと夢みたいなもんだろ。科学的に本物の幽霊とか亡霊の存在を考えるより、頭の中のシナプス伝達での出来事だと思うな」

一息吸い込んでから、片山は打ち明けた。

「そうなんだよ。俺も同じことを考えた。それで、ある晩にひとりで行ってみたんだよ。少し怖かったけど」

「へ～。で、どうだったんだ。会えたのか、吉兵衛さんに」

「どう思う」

「じらさないで早く言えよ」

部屋の隅にある古い木の扉を片山は見つめながら言う。

「一度だけだが、会えたよ。アレは吉兵衛さんだったと思う」

「ホントなのか」

「あぁ。おい澤田。今は素直な気持ちなのか」

そう言って片山は立ち上がり、ゆっくりと扉へと向かう。扉の取っ手に手をかけると澤田を振り返った。

「入るぞ、ついてこいよ」

澤田がここに入るのは、去年の八月の満月の夜以来だった。今は不安な気持ちはなく、期待のほうがはるかに大きい。あの日から前向きに人生を考えることが増えたようだ。志望がかたまり無事に合格して充実した大学生活を送れている。

　手にした懐中電灯で片山が中を照らし出す。社長宅の扉までは数メートル、窓もなく少し冷たい空気がよどんでいる。八月の蒸せるような空気とは違い、ここでも晩秋を感じられる。煉瓦の壁には以前に見た金粉の文字が陶板の周辺に同じように浮かんでいた。

「どうだ。前とは何か違うか」

「同じ文字が読めるんだが、明るさに差があるかなぁ」

　澤田には何かが変わったように思われた。

「俺も誰と一緒かで文字の明るさが毎回違うと感じていた。やっぱり澤田も違って見えるか」

「あぁ。ここに、志・勇・挑・進って文字が並んでいるけど、前回は『志』や『勇』が一番はっきり見えた。でも、今回は『挑』の文字もはっきり見えるんだ。なぜかなぁ」

「カマキリもひとりの時は『挑』が一番はっきり見えると言ってた。俺は『勇』かなぁ。だけど、悩んでる寮生たちと一緒に眺めると、ほとんどが『志』って言うんだよな。『進』って言う奴も少しいるけど、浪人生で『挑』って言う奴は不思議といないなぁ」

　澤田はじっと壁を見つめながら「挑」の文字を眺めていた。見れば見るほど文字が金色に輝きながら浮かんでくる。ただ、あの晩と違って何もきこえないし、不思議な感覚も浮かんでこない。暗さに次第に眼が慣れてきた澤田は、陶板に書かれた吉兵衛の文章がようやく読めるようになってきた。

「前にカマキリと来た時はドキドキしててよく読めなかったが、今日は落ち着いた気持ちのせいか、書いてある文章がちゃんと読めるよ。へ～、こんなことが書かれてたんだなぁ」

　片山も懐中電灯を陶板に向けて読もうとしている。

「実は俺もじっくり読んだことはなかったけどな。光る文字に寮生たちも目が向くし、煉瓦っぽい陶板の色合いが地味っていうか、暗い感じで読みにくいしね」

　澤田は片山の真剣な顔を横目に見た。冗談好きな片山だったが、薄くホコリがかぶった陶板の文章に指をそえながら読んでいる。

「裏なんてないストレートな意味なんだろうな、きっと」

　澤田は、暗い中で小さくうなずいた。


【我、十歳で養父より商いの厳しきこと愉しきことを学ぶ】

【二十歳で病床に伏し、医薬と科学と人の情けや恩を知る】

【三十歳で米国へ赴き、世界の広さと多様なるを心に刻む】

【四十歳となる今、ここに次なる夢と未来への誓いを残す】

【都より東京を超え、我が抑え難き好奇心は海外を目指す】

【願わくは未来人の先達となり、夜を照らす満月と成らん】

【我が命は尽きるとも、我が思いが若者を導かん事を願う】

【明治三十六年七月吉日　工場再建に際して　望月吉兵衛】

「これを吉兵衛さんが書いたのは、四十歳の時だったんだね」

澤田は懐中電灯を借りて陶板の文字をしっかり読んでいる。

「これは彼自身の決意なんだろうな。財を成して、未来の若者を援助したい気持ちなんだろ」

「まるで俺たちのような浪人生に向けた言葉じゃないか」

澤田は陶板の文章をもう一度口にする。

文字を凝視する澤田の横顔を片山はじっと見つめていた。

「そうだよな。今度から悩める寮生を連れ込む時は、吉兵衛さんの願いを一緒に伝えてみたいなぁ」

「吉兵衛さんがアメリカに視察や交渉に出かけたのは三十歳だったのか。若かったんだなぁ。俺も将来アメリカへ留学したいなぁ」

今ここに吉兵衛の魂が現れているのではと、澤田は先ほどから不思議な何かを感じていた。この感覚を覚えるのは二度目だった。


寮長室で懐かしい一夜をすごした澤田は、後輩の駿台生たちを全員見送ってから片山と一緒に東山南寮を出た。

坂を上った東大路通にはバスが去年より増えている。路面には線路が残っているものの、あの市電の姿と道路の上に張られた電線網はもうなかった。

片山は馬町バス停から市バスで京都大学へと向かった。残された澤田は片山と反対に、ほんの三百メートル先にある女坂を目指して自転車で走りだした。

ちょうど平日朝の通学時間帯で、大勢の女子高生や女子大生が坂を少しも苦にせず元気に校舎を目指して歩いていく。道代がこの時間に来るとも思えないが、澤田は心のどこかで彼女の姿を探していた。人波が途切れ、探すのをあきらめた澤田は、阿弥陀ヶ峰の山頂にある豊国廟への階段を一年ぶりに登り始めた。晩秋の朝の冷気がこたえるが、人気のない階段を覆う樹々の紅葉が美しい。

山頂の隅に去年の夏に立てたタローの墓標は倒れて土に汚れていたが、そのままにしておこうと澤田は思った。

長い階段を降り、とめていた自転車を押しながら女坂をゆっくりと歩いて下りていく。まわりの寺院や博物館の紅葉も鮮やかだ。

制服姿の女学生がいなくなり静かになった女坂をひとりの女性がこちらへと歩いてくる。次第に澤田の胸の鼓動が高まっていく。二十メートルほどに近づいた時、道代が澤田の姿に気がついて立ち止まった。ほんの数秒だが、その沈黙は長い時間に感じられた。

そして引き寄せられるように、二人は同時に歩きだした。黙ったままの澤田と道代は共に笑顔だった。互いに手を伸ばせば届く距離で、二人は同時に再び立ち止まった。

「澤田君、お元気そうね」

「道代さん、まさか会えるとは思っていませんでした」

去年と変わらぬ道代がそこにいた。

「ねぇ、当てていいかしら」

「えっ」

「澤田君は、金沢ではなく九州の新しい医大へ進学したんでしょ。何となく新鮮な空気をあなたから感じるわ。伝統や先輩につまらない影響を受けていない自由さっていうのかな。当たってるでしょ」

「ハイ。じゃあ、僕も当てていいですか」

「えっ、私の何を当ててくれるのかしら」

「道代さん。もし僕が金沢大に進学していたら、友だちから恋人にしてくれましたか」

「それは、当てるんじゃなくて、質問じゃないの」

「あっ、そうでした。質問ですね」

「そんな仮定の質問にはお答えできないわね」

苦笑いをする澤田に、道代は笑顔で答えた。

道代は手提げカバンから一枚の紙とペンを取り出し、そこに何かを書いて澤田にそっと手渡した。

「少し急がないと約束の時間に遅れちゃうから、私はこれで失礼しなきゃ。澤田君、大学生活を楽しんでね。すてきなお医者さまになってくださいね。じゃあ、またいつかどこかでお会いしましょう」

軽く頭を下げて、片倉道代は大学院の校舎へとゆっくり歩きだした。澤田は二年越しの片思いが、今日ここで終わっただろうことを悟った。憧れの美しい年上の金沢の、そして京都の女性だった。

しばし呆然とたたずんだ後、澤田は受け取った紙片をその場で開いてみた。驚いたことに、そこには金沢の住所が書かれていた。

澤田は校門に入ろうとしている道代の姿を眼で追いかけた。その時彼女は一瞬振り返り、小さく片手を振ったように見えた。それは幻だったかもしれない。澤田は消えゆく彼女を笑顔で見送った。

第十二章　時代の波

平成二十一年　盛夏

「先生、澤田先生。患者さんが大勢お待ちですよ」

見かねた看護師に小声で注意され、澤田はようやく我に返った。

「あっ、ごめん。ちょっと考えごとをしてた」

何かすごく気になることに出くわすと、近ごろこんな変調が時々みられるようになって、自分でも少し気になっている。男にもあると言われる更年期の症状なのだろうか。

「先生、少し最近お疲れじゃないんですか。時には奥さまと一緒に、何か楽しいことで気分転換でもしてくださいね」

澤田は仕事で英国へ行っている妻の優しい笑顔を思い浮かべた。

「そうね、ありがとう。じゃあ、次の患者さんに入ってもらって」

名前を呼ばれて診察室に入ってきたのは、数カ月前から不整脈と軽い心不全で診療を始めていた女性患者だった。彼女は澤田の高校の先輩の母親で、当時何度かお宅に遊びに行ったことがあった。その縁で澤田の診療所を受診してくれたのだった。

「志井さん、この前から体調にお変わりはありませんでしたか」

「特になかったです。脈も落ち着いてました。あの、先生……」

「はい、何ですか」

「東京から息子が戻って来てて、先生にご挨拶したいというので今日は一緒なのですが、ここに入れていいですか」

「息子さんって、達也先輩ですか。えぇ、もちろんです」

ドアを開けて看護師が志井達也を招き入れた。三十年ぶりに再会する達也は、相変わらず精悍な顔をしていたが、少しだけ太って白髪も混じり、生活に疲れている様子も垣間見えた。衣服から漂う匂いは彼がヘビースモーカーであることを連想させる。

「おう、母がずいぶんと世話になっているようで、ありがとう。お前がみてくれてるというし、こっちに来る用事もあったので、今日は御礼がてら一緒に来てみた。母からお前が立派な医者になってると聞いてたからな」

達也の表情が少し硬かったのは無理もない。かつて浪人中の澤田が京大生だった達也を下宿先に訪ねた際に、「医者なんて人々を平等に救えないぞ」とさとす彼と激しく口論するように反論して別れたままだったからだ。高校で一番親しかった先輩にもかかわらず、その後は今まで一度も交流がなかった。

「先輩、お元気でしたか。お母さんは何とか大丈夫と思います」

「そうか、俺はボチボチだ」

「今は東京で何をされているのですか」

澤田は達也が念願のマスコミ関係で職を得たことまでは風の便りに知っていた。彼は今も医師の仕事をマスメディアの下に見ているのだろうか。そして共産主義を変わらず信奉しているのだろうか。気安くきかねばよかったと澤田は一瞬後悔した。

「毎朝新聞東京本社で社会部の記者をしている。忙しくはしているが、若いころに思い描いたような仕事はなかなかできていない。ケンジ、京都の俺の下宿で言い争ったのを覚えているか」

「ええ、あの時はつい熱くなって……」

「俺のほうこそ先輩なのにカッとしてしまって、悪かった。若気のいたりだった。信頼できるお前が母をみてくれていてうれしく思う」

志井の口数は少ないが、あの時の気まずさはぬぐい去れたようだと澤田はうれしく感じていた。長い時の流れが再び二人の距離を近づけてくれたようだ。二人はようやく苦笑いを見せ合い、握手することができた。


高校卒業と同時に実家を離れ、二十年間の修行と海外生活の末に、故郷の柳川市で澤田ケンジが診療所を新規開業してから早くも十年の歳月が流れていた。

なぜか自分を慕って通院してくれる高齢者の病いと老いを相手に、五十歳を迎えた澤田は、町医者としての代わり映えしない毎日をもんもんと生きている。

いつかは眼の前の患者と同じように、静かに着実に老いていくだろう自分の人生。なぜ医師の道を選んだのだろう。今さら考えてもしかたがないことだが、あの日あの時、もし違う選択をしていたら、どんな人生と自分はめぐりあっていたのだろうか。

入院施設を持たない田舎町の診療所ではあるが、盆暮れ正月も含め週三回は夜間に透析の仕事まであり、度を超えるストレスのおかげで頭にも白いものが目立つようになった。

それをやみくもに彼はなげいているわけでもなく、何とかたのしもうとさえしているが、自由時間という重要なピースが欠けたままの難解なパズルが容易に埋まるはずもない。

ただ幸か不幸か、おとなしくあきらめて院内にいさえすれば院長の特権たる自由が制限つきでも与えられるので、澤田はたまりにたまった自虐ネタを、三年前に始まった「Ｍ３」なる医療系巨大ポータルサイト内の「医師専用ブログ」で日々発信を続けている。

不謹慎な内容は決して含まれないのだが、恥ずかしがり屋の澤田は匿名をかたくなに守っており、周囲で気がつくものは誰もいない。ハンドルネームはＳＡＷＡＪＵＮ。澤田循環器科診療所なので、「澤循」という実にいい加減なネーミングだった。

日曜日こそいちおう休診なのだが、透析患者は言わずもがな、最近始めた介護事業のせいで、日曜日も真夜中も、老人たちの体調不良で呼び出しをくらうことが少なくない。平日の夜間透析の他、土曜日も夕方まで外来診療を行うので、多くの日曜日は雑用だけで完全につぶれてしまう。誰もが休みだと勘違いをしてくれる祝日は当然ながら終日透析の仕事で、お天道さまともあまり縁がない。愚痴をこぼすひまはあっても、教養や英気を養うひまも余裕もない。

患者にはいつもえらそうに生活指導をするものの、運動時間を捻出するのは至難の業だ。ブクブク太るのは当然で、患者からの「澤田先生こそ、立派なメタボですよねぇ」という胸に鋭く突き刺さる声なき声には反論の余地は一ミリもなかった。

目の前の患者を相手に淡々と仕事をして、分不相応とも言える巨額の税金をシブシブ支払い、その残りから三億円を超える恐ろしいまでの借金を、国と銀行のために利子までつけてコツコツと返済し続けている。気がつくと勤務医時代よりも少ない可処分所得で、経済的には満足とはほど遠い開業医生活を澤田は送っていた。

澤田は豊かさや名声を求めて医師になろうなどと考えたことは一度もなかった。彼が思い悩んで医師を志した理由は崇高さとはほど遠いが、もっとはるかに純粋なものであった。

大学を卒業してからの二十五年間に、インターネットや携帯電話などで社会生活は相当便利になった。特に携帯のおかげで、受診歴のある患者からは、何かにつけありがたい電話をいただける。それも年中無休で、ベッドの上や風呂の中や空の下までおかまいなしだ。電話から逃れられる安住の場所は今や飛行機の中だけだが、そもそも旅行で飛行機に乗る時間すらない。ようするに、嫌でも年中無休で患者からの電話相談に応じているというわけだ。しかも、すべての患者は無料の電話相談だと信じているから悩ましい。専用の固定電話から携帯への転送システムなので、実は電話代も病院持ちなのである。

医師も生身の人間だと理解できないらしい患者から、深夜や未明に「眠れません、どうすればいいですか？」と電話相談で澤田は時々起こされる。当然ながら翌日の診療に少なからず影響するが、この程度を我慢できないようでは開業医として大成しないだろう。

開業医に必要なものは、一に我慢、二に親切、三に体力。あればなおいいのが「医学知識と臨床能力」かもしれない。丈夫な身体に生んでくれた両親に、澤田は感謝の念を忘れたことはない。時に周囲から成功者と勘違いされる澤田に後悔している反省点があるとすれば、それは「すべての患者に自分の携帯番号（転送電話）を教えるのは絶対にやめておいたほうがいい」という点だろうか。

そんな澤田にとって、もっとも心を癒し満たしてくれる喜びの源泉は愛する妻の存在だった。年上の彼女は国文学者で、東京大と京都大と九州大で客員教授をしている。『源氏物語』など日本の古典文学のすばらしさを英語やフランス語で紹介する仕事を、世界中を飛び回りながら長年楽しそうに続けている。

一年のうち、海外での仕事が三割、国内にいる時間も各大学での講義や指導の他、テレビ出演や雑誌の仕事などで各地を飛び回り、彼女は澤田以上に忙しくしている。ただ決して無理をしている気配はなく、自然体でさわやかな物腰や表情が彼女の講師としての人気を高めているのであろう。時々テレビ番組で妻の姿を観るが、そのたびに澤田は年を重ねる妻を好きになってしまう。

町医者の妻というと、診療所をマメに手伝う良妻賢母のイメージかもしれないが、澤田は妻がいきいきと世界を舞台に活躍するのを至上の喜びとし、それを自分の活力に変えて毎日の仕事に励むのを快く感じている。

結婚して二人はずっと子どもを望んでいたが、どうやら澤田のせいで子宝には恵まれなかったようだ。そのおかげというわけではないが、二人は互いを初めて出会った時と同じ気持ちで今も大切に思いながら暮らしていた。

……というわけで、自虐ネタには当分枯渇の恐れもなく、愛する妻のいない自由な時間を利用し、澤田は夜な夜な「医師ブログ」の匿名人気ブロガーとしてひそかに活躍を続けていた。

そんなある晩のこと、夜間勤務の合間にブログのネタ探しでネットサーフィンをしていると、気になる報道が澤田の目に留まった。

【明治のタバコ王、工場解体へ】（京洛新聞）

《明治のタバコ王、望月吉兵衛により一九〇〇年に建築された京都市東山区の歴史的建造物が近く解体され、跡地には……》

澤田の動悸がみるみる強くなっていく。

「いかん、誰かに知らせなくては。東山南寮が……」

今までの人生でもっとも忘れがたい一年間をたずねられたとしたら、澤田は迷わず、昭和五十三年、一九七八年だと即答するだろう。今から三十年も前のことだ。多感な思春期でもなく、新鮮な医学部時代でもなく、鮮烈な海外留学生活の三年間でもない。

大学受験に失敗し、初めて実家を遠く離れての暮らし。将来の進路に何度も迷い、自力ではい上がるか、このまま転がり落ちるに任せるかの不安な日々をすごしていた浪人時代。そんな受験予備校の寮生活での一年間こそが、澤田にとりもっとも思い出深い年だった。

それから幾度京都の街を訪れたかを数えたことはないが、澤田にとってあの寮の建物は、時間がなくても必ず足を運んで姿を見たくなる故郷の実家や小学校みたいなものだった。

望んでも今は中に入れない昔の記憶が暮らす場所。決して捨て去ることのできない極めて大切な場所でもあり続けるだろう。故郷に残した墓のような感覚がより近いような気が澤田にはしていた。

近ごろでは少子化に加え推薦入学制度などが普及し、次第に大学受験予備校も様変わりしているようだが、澤田が通った七十年代後半の予備校というのは成長産業で、日陰の存在が通う場所ながらも妙に明るく活気があった。そこに集う個々人の背負う悲壮感、夢や希望と憂いに満ちた特殊な若者たちの世界だった。

少し前まで「一浪当然、二浪平然、三浪唖然」などという言葉遊びがあったが、最近では大学全入時代で、二浪以上の受験生が大きく減り、学部によっては「現役必然、一浪愕然」などという言葉遊びまで登場しているらしい。

三十年前と比較などできないだろうが、当時は一浪を「人並み」と呼んでいた。人知れず孤独に何年も同じ志望校を目指す多浪生も今に比べると相当多かったような気がする。

そんな予備校の寮という世界は、高校や大学や会社の寮とはまったく異なり、きっと経験者にしかわからぬ異質な場所だろう。澤田が暮らした京都駿台の東山南寮に限らず、日本中で多くの浪人生たちが青春の大切な一時期を予備校の寮ですごしてきたに違いない。

夏至の夕方、唯一メールアドレスを知っている予備校仲間の和田キヨトに澤田は久しぶりにメールを送った。和田は五十歳になった今でも、年賀状の住所に東山南寮の自分が暮らした部屋番号を書いてよこす変な奴だった。
《おい、元気だったか。東山南寮が解体されるって知ってたか。ネットで見たけど、来月中には寮は跡形もなくなるかもな》
《嘘だろ、本当か。それは大変だ。皆に急いで教えなきゃ》
メールを読んだ和田は、澤田以上にあわてた様子だった。
《お前、皆の連絡先を知っているのか》

《二階の連中のなら半分以上ある。三階は大阪の末広君がけっこうメルアドを知ってるらしいから、二人で手分けして急いで知らせるよ。見つけたネット記事を添付して、急いで俺に送ってくれ》

和田と末広は、寮の同窓生たちと時々メールや電話で連絡を取り合っているという。

和歌山県出身の和田は、九州にある大学の内科系教室で助教授にまでなったが、数年前に胃がんを患い、治療後は名前のようにいさぎよく大学を離れて、三重県の病院に勤務しながら併設する介護保健施設の施設長としてのんびり働いていた。

《もう体調はいいのか。これを機に、京都で東山南寮の同窓会でもできたらいいなぁ。どうだ、計画してみようか》

高校や大学の寮とは大きく違って、わずか一年間。文系理系など受講クラスや志望校も違うし、受験シーズンになると進路が決まった者順に櫛の歯が抜けるように全国各地に別れの挨拶を交わすまもなく、ちりぢりに離れていく。入寮式も卒寮式も、朝礼や消灯時間なども当然なかった。それでも自宅通学の予備校生とは違い、高校の同級生以上の仲間意識がいつしか芽生えたりするのが大学受験予備校の寮、京都駿台東山南寮だった。

第一志望をあきらめて第二志望へ進む者や、初志を貫きさらに浪人を何年も続ける者もいる。進路が決まっても住所まで決まるわけでもなく、インターネットもなかった当時は互いに連絡先を知らせ合うことは容易ではなかった。二十六人いた寮生全員で同窓会を開こうと案内を送ったりするなど、当然ながら今までなかったし、同じ寮で暮らしながらも先輩後輩のひとりも知らなかった。

《そうだなぁ。みんなバラバラな人生を送っているだろうが、東山南寮に対する想いは全員何かしら

あるだろうからな。そうそう、お前のブログは毎回楽しみに読ませてもらってるぞ》
澤田は医師ブログに多くの京都の記事を書いており、これまで東山南寮の記事も数本書いてきた。当初誰にも伝えず書き始めていたが、読んで気がついた数名から「お前が書いてるだろ」と匿名ブログにコメントが寄せられた。和田も難なく気がついたが、「誰にもバラすなよ」とその時は言っておいた。
《東山南寮の同窓生が読んでくれるかもしれないから、今回の解体記事やミニ同窓会の計画をさっそくブログで書いてみるよ。年齢は違っても、俺たちと同じ気持ちの奴は多いだろうから。東山南寮出身で医学部に行った奴もおそらく百人以上いるだろう》
あの時代に仮に携帯電話やメールがあったら、その後の交流は大きく違ったものになっていただろう。ただ、メールが最適かと言われると、必ずしもそうではないと澤田には思えるのだが……。
《俺が二階の連中に、末広君が三階の連中に連絡を取ってみるよ。何人集まれるかわからんけど。解体の件を知らせれば各自が都合のいい時に見にも行けるし。同窓会の日時や会場は澤田に任せるから、解体される前に早めにやってくれ》
こうして東山南寮のミニ同窓会の話は動きだした。
翌日、澤田は京都駿台予備校に電話をして、当時の担任だった天地マリに連絡を取ろうとしたが、はるか昔に退職していたようだ。電話に出た女性事務員に東山南寮の解体という特殊事情を話して当時の寮生の連絡先がわかる名簿がないかどうかとたずねてみたが、古すぎてすでに何も探せなかった。
「本当に各寮の名簿等は探せないのですが、仮に存在しても個人情報保護法が成立したので教えるわけにもまいりません」

三十年の月日はあまりにも長すぎた。

澤田は寮に近いハイアットリージェンシー京都ホテルに数部屋を手配した。当時は京都パークホテルという名だったが、立地も最高で、その落ち着いたたたずまいは澤田のお気に入りだった。七条通をはさんで向かい側には国立京都博物館があり、西隣には三十三間堂、庭園越しの南に隣接するのは養源院だ。

辺り一帯はかつて後白河法皇ゆかりの広大な法住寺殿で、七条通の南側が南殿、北側が北殿だったという由緒ある場所だった。

博物館の西に沿う大和大路通を北に進み、かつて鎌倉への大動脈だった渋谷通へと右折すると、ゆるやかな坂を見上げる正面に煉瓦造りの東山南寮の建物が何かを主張するように目に飛び込んで来る。

この七百メートルほどの距離に、豊臣秀吉を祀る豊国神社、今は失われた大仏や国家安康の大鐘で有名な方広寺などもある。昔も今も観光客は決して多くないエリアだが、北殿の歴史を感じさせる昔懐かしい道程は、幾度歩いても飽きることがない。

同窓会は、七月四日の夕方に予定され、澤田は急いでブログに書いた。それまで煉瓦の建物が残ってくれていればいいのだが。

和田も末広も、ハラハラしながらその日が来るのを待っていた。

【この告知文は、かつて京都駿台予備校の東山南寮で一時期をすごされたすべての元寮生に向け書いています。
卒寮生のみなさまは全国において各方面でご活躍のことと思います。あの我々が暮らした歴史的建造物が老朽化に伴い売却され、近く解体されてしまいます。
その姿が完全に消え去ってしまう前に、京都に集まって懐かしい寮生活の思い出を一緒に語り合いませんか。
保存のための署名活動も行われたそうですが、残念ながらかなわなかったようです。解体工事はすでに始まっていて、七月早々には解体されてしまっているかもしれません。
急ですが、東山南寮生の同窓会を企画しました。
@日時：七月四日（土）夜から翌朝にかけて
@場所：ハイアットリージェンシー京都ホテル
@開始時間：到着順に勝手に始めてください
@僕自身は仕事で夜十時ごろに到着予定
@日曜日は一緒に解体現場を訪問の予定
@参加条件：東山南寮生なら誰でも歓迎
＊希望者は、コメント欄に書き込んでください
＊多くの元寮生の参加をお待ちしています
昭和五十三年度　東山南寮　澤田ケンジ】

ブログには同じ年度以外の元寮生からも反応があり、コメントが寄せられた。年齢は違っても誰もが似た感情を抱いており、かつての思い出話を伝えてくれた。いわゆる「医師専用ブログ」なので、反響の多くは全国各地の医師だったが、多忙な中を京都に集うのは急な話で難しそうだった。

結局、同窓会には澤田の他に同じ年に一緒だった六人が参加してくれることになった。他にも、「当日は無理だけど、家族で寮を見に行ったよ」と、解体工事中の写真を送ってくれたりなど、澤田はブログで知らせてよかったと感じていた。

あれから三十年、その六人とは澤田は一度も会ったことはなく、近況を知るのも和田だけだった。二十歳前後だった彼らが五十歳になってどう変わったか。変わり果てた寮の姿以上に、久しぶりに集う同窓生の変化のほうが澤田には気になっていた。

梅雨の晴れ間の七月四日。土曜の午後四時までの診療を終えて、澤田は新幹線に飛び乗った。

診療所を離れる直前、澤田はパリで開催中の日本古典文化展覧会に参加している妻に電話した。朝食を終え、講演会の準備をしているところだった。久しぶりに流暢な彼女のフランス語を澤田は聞いてみたくなった。

「東山南寮の最後の姿を見に、今から京都に出かけるよ」

「そうなのね。十年ほど前に連れていってくれたのを覚えているわ。少し寂しいけど、ケンジさんにとって大切な思い出の建物だから、忘れないように見届けてきてください。日本にいたなら、一緒に京都に行きたかったわ」

「ちょうど今ごろの季節だったかな、初めて言葉を交わしたのは」

「そうね、女坂の途中で。私のほうから話しかけたのよね」

「昨日のことのように覚えているよ。人生が変わる瞬間だった」

「懐かしい寮のお友だちと、楽しい時をすごしてきてください。戻ったら私にもいろいろお聞かせください」

「わかった。あなたのパリの話も楽しみにしてるから」


　京都駅に澤田が着いたのは夜九時だった。十二年前にできた新しい駅ビルの烏丸口に立つと、灯台のような京都タワーが迎えてくれた。白く照らされ輝く姿は当時も今も変わらない。わずか一年弱の京都暮らしだったが、この場にたたずむと故郷に戻ってきた気分になる。いつもなら東山南寮や今夜泊まるホテルのある辺りまでは思い出に浸りながら歩いていく澤田だったが、わずかの時間ももったいなくて、今夜だけはタクシーで向かうことにした。

　七条大橋の東に走る京阪電車は今は地下に隠れ、七条駅もない。市電の線路も消えた橋を渡って少し進むと、左前方にライトアップされた国立博物館の本館が当時のまま見えてくる。新しく建て替わった目指すホテルは道路をはさんで右側だ。他の六人は夕方までに到着して、きっと今ごろは思い出話がはずんでいるころだろう。三十年ぶりに会う同窓生とどんな夜が五十歳になった澤田を待っているのであろうか。不安と期待が交錯する。

　ホテルの玄関前でタクシーを降り、はやる気持ちでチェックインをすます。すでに全員が到着済との伝言をフロントで受け取った。和の趣向をこらした広いロビーを友が待つ部屋に向かいながら、澤田の足取りは少しずつ速くなっていく。すぐその先の部屋のドアを開ける時、かつての仲間たちはどんな姿や表情で自分を迎えてくれるのだろうか。いやおうでも高鳴る胸の鼓動が聞こえてくる。

澤田は部屋の前に立ち、深呼吸をしてから軽くドアを二度ノックする。何のみやげもないが、互いの姿が大きなみやげになるはずだ。

開いたドアの奥で見覚えのある顔が澤田を迎えてくれている。

「やっと福岡から澤田が到着したぞ。さぁ入れよ」

ドアを開けてくれたのは、メガネの奥の細い眼が年中笑っていた懐かしい和田キヨトの顔だった。和田は和歌山県新宮市出身の当時医系一浪生で、二階２０２号室の住人だった。今でも相当な細身で、相変わらず安っぽい銀縁メガネの奥には濃い睫毛の細い眼が笑っている。裾を曲げたジーパンを履き、服装に気をつかう素振りがないのは昔のままだった。

そのうしろに立っていたのは末広トオル。大阪市出身の当時文系一浪生で、三階３０２号室の住人。背が高く、真面目で穏やかな性格が今でも表情や口調に表れている。白いシャツに黒いスラックス。まるで学校から直接やってきたような姿だった。

窓際に立ち、ビールを手に笑顔で迎えてくれたのは若槻ヤスシ。徳島市出身の当時医系二浪生で、三階３１０号室の住人。少し目立ちだした白髪と腹囲が気になるが、たぶんそれを阿波踊りのように笑い飛ばしていることだろう。生成りのポロシャツの裾をゆったりしたグレーのスラックスの中にきちんと入れている。黒いベルトの穴の位置が三個ほどすり切れ移動していた。

ひとり黒いチェアに座ってワイングラスを手に顔を赤くしてニヤニヤしているのは片山タカシ。愛媛県松山市出身の当時理系二浪生で、三階３０６号室の住人。相変わらず体型は細く、髪型やメガネフレームのせいで昔に比べると落ち着いた雰囲気を少しだけ漂わせているが、きっと化けの皮に違いない。

特等席のキャメル色の革のソファーには、二人が仲良く腰を下ろしてくつろいでいる。

片手を上げて澤田を歓迎してくれたのは、少し太った加賀一郎だった。石川県金沢市出身の当時医系三浪生で、澤田の隣の三階３１１号室の住人だった。当時の寮では最年長だったが気持ちは一番初心で、失敗に傷つき臆病になってしまった三浪の彼に当時は誰も敬意を払っていなかった。予備校で年長というと微妙な存在だったのは確かだ。普通のオジサンのような恰好をしているが、どうやら今も変わらぬ少年のような表情だ。

ソファーに座る最後のひとりは……、おやっ、誰なのだろう。座っているが背は高そうで、あまり贅肉もない彼は、色鮮やかなシャツをチノパンと合わせている。ボルドー色の革靴は英国製だろうか、なかなかの洒落者に見える。きっと二階の住人だろうが、こんな奴があの東山南寮にいたのだろうか。

細面の整った顔だけでなく、澤田は彼の少し高い話し声を聞いても誰だかなかなか思いだせない。

「僕の顔を見ても思いだせないだろう、澤田君」

「僕は十月の途中で、皆に挨拶もせず退寮してしまったからね」

「十月って、まさか……、白百合女子寮の……」

彼は黙ってうなずいた。寮の仲間との再会がうれしそうな笑顔だった。

彼は兵庫県姫路市出身の当時理系二浪生で、和田と同じ部屋の住人を十月の途中でやめた玉川マコトだったが、澤田は三十年前の彼の顔を思いだせなかった。年齢を重ねて表情や姿が当時と異なるからだろうが、澤田に二階の親しい友人は多くはなかった。

「玉川は今も京都に住んでるし、俺が誘ってみた。同じ部屋だったし、退寮してからも時々連絡を取り合っていたしね。半年しか暮らさなかった彼にとっても、東山南寮は特別な場所だからね」

玉川と同室だった和田は、当時から誰にでも面倒見がよかった。

「玉川君の思い出は、あの晩の出来事しか覚えてなくて、ごめん。で、あれからどうしてたの。駿台もやめたと聞いてたけど、大学には行ったんだよね。元は確か……」

「京大の工学部志望だった、こいつは」

玉川の代わりに和田が教えてくれた。

「僕はあの後ですぐ姫路の実家に戻ってね。いろいろと自分でも考え、正直に両親とも将来に関しての話をしたんだ。あんなに真剣に将来の夢を家族と話したのは初めてだった。そういう意味ではよかったのかもしれない。工学部を志望したのはもともと工作や創作が好きだったからなんだ。あんな恥ずかしい事件を起こして挫折した僕に、両親は怒りもせずに好きな道を自由に歩めって言ってくれた。一生懸命ならば応援すると。とてもうれしかった」

嫌な思い出なのだろうが、玉川はすべてを話したそうだった。

「それで、洛中芸大の芸術学部に入学したんだ。もともと創作が好きだったし、入試は京大に比べたら相当簡単だったからね」

玉川は笑顔を浮かべながら穏やかに話してくれる。

「今は京都で何をしてるんだい」

遅れて到着した澤田以外は、すでに彼のその後を知っていた。

「話がダブってしまうけど、説明してもいいよね」

嫌な顔をする友人はもちろんひとりもいない。澤田は早くその先の話を聞きたかった。

「僕は洛中芸大の現代創作学科で学んで卒業した。既存の概念や伝統技術などにとらわれず、何でも自由に創作活動をやろうという基本方針の科かな。卒業後は海外のいくつかの大学でも学んだりしたけど、十年ほど前に帰国して洛中芸大に再び所属している。いろんな国での生活を経験したけど、やっぱり世界中で京都の街が一番好きなんだ。こんな僕だけど、五年前には幸い教授にしていただいた。今は若い人々のみずみずしい感性を育てる手伝いをしている。逆に若者に教えられながらね」

初めて知る話だが、そんな人生もいいもんだと澤田は思った。

澤田以外の六人はすでに夕方から昔話を楽しんでいたが、一人ひとりに簡単な「その後の三十年間」を話してもらうことにした。

「和田のことは知ってるから簡単でいいけど、まず最初に頼むよ」

「お前も知ってるとおり、俺は宮崎医大に入学した。そのまま宮崎に残って内科の助教授になった途端に胃がんが見つかり手術を受けたが、やはり体力的な限界を感じて大学を離れた。実家は和歌山県だが、三重県で勤務医になった。今は中規模の民間病院の内科医と、併設する介護施設の管理医師を兼任してボチボチやってる。体調はいいのだが、どうしても体力的に大学は無理だった」

同じ九州の医科大学だった澤田は和田と交流が続いていたので、それらはほとんど知っている話だった。

「末広君はどうしてた」

「僕は実家が大阪だし、阪大の教育学部へ入学した。大阪市に採用され市立高校の国語教師をしている。転勤は大阪市内だけだし、実家で両親と同居しながらね。娘がひとりいて、同じ教師を目指してくれているのがうれしいかな。最近は教育者大会や学会で教育理論の講師に呼んでもらって、全国を旅してまわれるのが楽しみかな。来年の大会は澤田の地元の福岡開催だから、行ったら連絡するよ」

浪人生の時から末広は絵に描いたような真面目な男だった。予備校生にありがちな気分の変調や感情的になることもなかったし、自堕落な生活からは一番遠かった寮生だったろう。

「若槻は同じ科だけど、学会で会ったことはなかったよね」

「澤田も同じ循環器科らしいね。俺は不整脈だし、澤田の研究は基礎系だろ。遺伝子治療だったかな。領域がお互いまったく違うから学会ではニアミスすらしないし、発表を聞くこともないだろうね。俺は地元の徳島大卒業後もそのまま徳大に残ってる。五年前から助教授になったけど、後から来た教授は俺より年下で東大出身だから俺がいつまで大学に残れるかはまったくわからない。教授には絶対になれそうもないな」

若槻の話に、澤田は大学を離れたころを思いだす。

「その教授が東大や阪大の教授選に出ない限りは厳しいね。確か開業医の息子だったよな。後は継がないのか」

「親父の診療所は兄が継いだから、俺はこのまま大学の医局人事で行くことになるかな。新規開業って相当なバイタリティと資金が必要だろうしね。澤田は親が医師でもないのによく開業医になったなぁ。借金が大変だっただろ」

「まぁね。借金完済するまであと三年かな。三億近くあったからね。返すまで死ねないし、病気にもなれないよ。若槻はえらいよ、地元の国立大学の助教授とか。俺なんか早々と挫折して田舎の町医者になったし。片山には寮長になった時に一度泊めてもらったもんな。あの時以来かな。京大の理学部だったよな、農学部だったかな」

澤田は片山のほうに向き直ってたずねた。医学部以外へ進んだ友だちの近況も知りたかった。

「農学部はカマキリで、俺は理学部。まぁ、卒業すれば似たような分野に進むことも今は多いけどな。俺の専攻は宇宙物理。驚くなよ、澤田。俺は今では京都大学で宇宙物理学の教授さまだ」

「冗談は顔と性格だけにしろよ、片山」

「それがなぁ、お前には悪いが本当の話さ。といっても、今は内定段階で、就任は来年の四月一日からだけど」

「京大ってノーベル賞どんどん出るからすごいと思ってたけど、ヘンテコな教授も混ざっているとはなぁ」

横から和田が茶々を入れる。

「カマキリなんて、今や大出世してるぜ。世界的石油系大企業で貴重な日本人幹部として大活躍してるらしい。親しい教授がカマキリのゼミの教授だったらしくて教えてくれた」

片山のその言葉は皆を驚かせた。

「天地マリとの噂はその後どうなったんだ。隠れて寮長室でいちゃついてただろ。ついつい妄想しちゃうし、勉強のじゃまだったよな」

それは澤田の本音でもあった。

「マリさんは逃げ切れず、ついにカマキリの餌食になったらしい。今は中東ドバイの豪邸で二人仲良く暮らしてると聞いた」

「あまり想像したくないなぁ」

噂話に澤田は耳を覆った。

「東山南寮の歴代寮長は、寮で暮らした経験のある京大理系学部の学生と決まってて、不思議と皆がその後活躍してるらしい。たぶん、あのせいだと思うけどな、俺は」

「あのせいって……、あぁ、あれか。確かに」

片山と澤田のやりとりを見ていた和田が問いただす。

「何だよ、お前ら。秘密を共有してて、気色悪いなぁ。俺にも教えろよ。末広君は何だかわかるのか」

「いや、僕にもまったくわからないよ。加賀さんは知ってますか」

「う〜ん、そうだねぇ。あのことなのかな〜ぁ。わかるような気もする。でも、ちょっと簡単には説明できないなぁ。一つだけ言えるのは、東山南寮は不思議で特別な建物だったということかなぁ」

澤田は遠い昔を思いだしながら、加賀の言葉に二度三度とうなずいていた。

「確かに東山南寮で僕も何かが変わったというか、前に進みだしたような気がしてる。寮長から八月の満月の夜にあの場所に誘われた後からは、将来への迷いがス～ッと消えたっていうのかな」

「俺もあの場所から出て夜空を見上げた時に浮かんでた満月が今でも目に浮かぶ。祇園祭が終わったころの蒸し暑い夜だった」

澤田と若槻が続けて口にする。

「満月の夜に代々の寮長が悩み多き寮生を誘って不思議な壁に向き合わせたんだよな。俺は澄んで輝く十一月の満月を見ても最初は関連性に気がつかなかったけど、翌年から俺が寮長をやっただろ」

「片山が寮生を誘う側になったんだな」

加賀の言葉に澤田が説明を加える。

「僕が次の年に寮に行った時に、新米寮長の片山が寮生たちにからかわれていたのが忘れられないなぁ。もちろん、あそこで見たアレもだけど」

「神秘なのか物理的現象なのかわからないけど、吉兵衛さんが満月の晩にのみ東山南寮のあの場所に現れるとか、ちょっとうれしくなるじゃないか。だから俺は宇宙物理学を専攻したんだよ。ウソみたいなホントの話だ」

依然として和田と末広は他の連中の話にまったくついていけてない。他の友人たちはうなずいたりにこやかに話したりしている。

「僕の場合は、あの壁に浮かんだ『挑』の字がずっと脳裏を離れなくてね。医学部の卒業が近づくにつれて、海外留学への憧れがどんどん大きくなって」

澤田もアレで人生が大きく変わったと自分で思っていたひとりだ。

「実際に研修医が終わるころには留学の誘いを受けるようになってたんだ。早めに手がけた研究が眼に留まったのか、イタリアやニュージーランドの小さな研究室からね。結局は卒業して六年目から三年間アメリカに留学したんだけど、これもアメリカに渡って技術導入や交渉を行った吉兵衛さんの導きだと今でも思っている。こんなオカルトじみたこと、よそでは正直に言えないけどね」

精神的に追いつめられた寮生が窓もない部屋ですごしたゆえの特異な幻覚だったのか。彼らの言葉以外に何も証拠はない。

仮にその不思議な壁が実際に東山南寮の片隅にあったとしても、まもなく建物は解体され完全に失われてしまう。それならそれでしかたがないだろう。建築されてすでに百年以上が経過し、寮を巣立った少なからぬ若者たちに望月吉兵衛の思いはしっかりと受け継がれているはずだから。

東山南寮の思い出話には時間がどれだけあっても足りないくらいだった。中でも片山隊長率いる銭湯部隊の女湯のぞきの数々の武勇伝と、秋の夜に起こった玉川の不幸な出来事が話題の中心だった。

男だけの東山南寮が白百合女子短大寮と隣り合わせにあったという偶然。そして京都が若者の街、大学生の街だった現実。入試の壁の前で右往左往する浪人生の精神に与えた試練。それらは今、彼らの中ですべてがいい思い出に変わっていた。あの窓もない三畳一間で暮らした元東山南寮生たちが、三十年後に近くのしゃれたホテルの部屋でこうして同窓会をしているとは、いったい誰が当時想像しただろうか。

積もる話も中年男を襲う睡魔にはたえきれず、いつのまにか七人はそれぞれの部屋に戻って寝てしまった。澤田の部屋には三人が適当に寝転んだ。

遮光カーテンを閉め忘れた大きな窓の向こうに、国立博物館の美しい煉瓦造りの本館が静かにたたずんでいる。まだ開館時刻前で、広い中庭に人の姿はない。朝六時なのにすでに太陽は東山の稜線を越えて昇っていて、辺りは夏の光に溢れている。

語り続けて疲れているはずなのに、脳が興奮したままなのか、澤田は普段より早く眼が覚めた。また寝ようという考えは浮かばず、部屋に備えつけの便箋に短くメモを残した。

「散歩してくる。八時までに戻る。皆で一緒に朝食を。澤田」

京都での時間を澤田は有効に使いたかった。足音を忍ばせ部屋を出ようとしたその時だった。

「どこかに行くのか」

どうやら和田もすでに眼が覚めていたようだ。

「あぁ、ちょっとな。昔よく行った場所に散歩に行こうと思って」

「そうか。どこか知らんが、俺も一緒に行く。ちょっと待って」

きっと二人のほうが楽しいだろう。澤田に断る理由もなかった。

「かなり階段を上るけど、体力は大丈夫なのか」

「腹は切ったけど、足は大丈夫だ。だけど、どこに上るんだよ」

「豊国廟に行こうと思って。お前、行ったことあるか」

「行ったことはないが、聞いたことはある」

「かなりの階段だぞ。早朝だからまだ大して暑くはないだろうが」

もともとそのつもりだったので、澤田はスニーカーで京都に来ていた。幸い和田も歩きやすいゴム底の靴を履いていた。

七月の梅雨の合間とは言え、早朝は少し風もあり心地よかった。

途中の女坂で笑顔の若い女性たち数人とすれ違った。京都女子大生だろうか。授業もないだろう日曜日のこの時間、おそらく部活動でもなさそうだ。付近に暮らし、気分転換に仲良しで豊国廟に上りにきているのだろうか。今でも近くに下宿屋などあるのだろうか。

澤田は懐かしく浪人時代を思いだしていた。

ちょうどこの季節だった。片倉道代とこの坂で出会ったことが、その後も今に続く彼の心の大きな支えになっていた。あれから三十年、どれだけの出会いと別れをこの女坂は見てきたのだろうか。

豊国廟の静かな階段は、年を重ねた澤田らを当時とまったく同じたたずまいで迎えてくれた。どこまでも続く広い階段を両側から樹々の緑が覆っている。すでに夏の蒸し暑さが辺り一帯を支配し始めているが、幸い朝の西斜面には日が射さず、何とかたえられそうだ。だが、少しうしろを上ってくる和田の息が早くも大きくはずんでいる。

「けっこうな階段だねぇ。門が見えるけど、あそこが頂上か」

「いや、あの先も階段はまだまだ続いてるよ」

和田はあきれた顔して、黙って立ち止まった。

「シンドイなら引き返してもいいよ。僕は頂上まで行くけど。それとも、ここで待ってるか」

「いや、少し待ってくれ。俺も行くから、絶対」

聖域を示すかのような小さくて立派な門をくぐると、階段の先にやっと頂上が見えてくる。たまらず和田は石段に腰かけ、身体中から吹き出す汗をタオルでふいていた。意地悪なほどに角度を増した階段が、まだ百七十段もあった。

深呼吸を何度も繰り返し呼吸を整え、和田のペースで再び上りだす。太腿は怖いほど張りつめてくるが、覚悟を決めた和田の足取りも、頂きが近づくにつれ少し軽くなったようだ。

「は～っ、やっと着いたぁ～」

ようやく和田に満面の笑顔が戻った。そこに現れた大きな秀吉の廟を前に、痛く感心している様子だ。

「寮にいたころにさ、よくここに上ってきてたんだ。死んでしまった犬の墓標をあそこの隅に立てたりもしてね」

和田は息が荒く、なかなか言葉が出てこなかった。

「こんなだとは全然知らなかった。秀吉ひとりのための山だなぁ。しかも阿弥陀ヶ峰という縁起のいい名前なんだろ。雑木林であまり見えないけど、もし木がなければ京都で最高の絶景だろうなぁ」

「そうだな。俺もそう思う」

それから五分ほどいたが、誰も続いて上ってこなかった。

「さぁ、そろそろ帰るぞ。今ごろ皆が俺たちを探してるかも。下りのほうが足にくるから転がり落ちるなよ」

汗をふく和田の顔から、再び笑顔がす～っと消えた。

雑談しながら部屋に戻ると、五人が彼らの行方を心配していた。

「ごめんごめん、阿弥陀ヶ峰の頂上まで散歩してきた」

「あそこは散歩じゃなくて、登山だぞ。俺も寮の時に行ったけど、足がガクガクしたから二度と行ってない」

驚いた若槻の言葉に、汗をふきながら和田がうなずいている。

「俺も二度とごめんだ。あんなだと知ってたら行かなかった」

和田の言葉が本気か冗談か、澤田にもよくわからない。

「澤田が昔何度も山頂に行ってたのは、女子大生にいい恰好を見せたかったからさ。さっき女坂で女子大生とすれ違った時に、道代っていう女性との思い出話をしてくれた」

「その片思いの昔話なら俺も知ってるぜ。金沢出身の大学院生が好きだったんだよな。勉強が全然手につかんって悩んでたもんな」

「俺が同級生の女性を予備校が始まってすぐに紹介した時は、こいつは恥ずかしがって話もまともにできなかったけどな」

どんなに旧友にからかわれても、澤田は悪い気はしなかった。確かに成績に影響したかもしれないが、それを含めての大切な東山南寮での浪人生活だったのだから。

「女性で悩んだのは俺だけじゃないだろ」

澤田の反論に何人かが小さくなった。

「玉川は寮を出て、志望校や進路まで変えちゃったし」

　昨夜の話を蒸し返されて、玉川はバツが悪そうだ。

「片山だって唯一の趣味が女湯のぞきだったしな。警察に突き出されそうだっただろ。そんな奴が寮長を立派にやれたんだからな」

「いいじゃないか。俺たちは大学生が楽しそうに浮かれてた京都の路地裏でもんもんと浪人生をしてたんだから。少しは癒しや息抜きは必要だったのさ。なっ、そうだろ」

　昔を思いだしながら、誰もが顔を見合わせ笑っていた。

　その時、澤田の携帯電話が鳴りだした。

　澤田は会話を止めて窓際に寄り、博物館の上に広がる青い空を見つめるように電話の向こうの相手と話を始めた。

「………フランス語での源氏の講演会は久しぶりだったでしょ。うまくいきましたか。………。そうですか、よかったですね。………。えぇ、昨夜は思い出話に花が咲き、とても楽しかったですよ。今朝は早起きして女坂から豊国廟へ散歩して来ました。………。いろいろと思いだし、あのころにまた戻りたくなりました。………。そうですね、今度また一緒に行きましょう。今から皆で東山南寮を見に行くところです。パリを楽しんで帰ってきてください、道代さん」

　通話を終えた澤田がにこやかに振り返ると、六人はすごく驚いた表情だった。

「道代さんって、お前」

　最初に驚きの声をあげたのは片山だった。

「もしかして、テレビに時々出ている美人国文学者の澤田道代なのか。へ〜、知らなかった。お前は医学部コースの松本恵子と仲がよかったのになぁ。彼女もカッコよかったよな、スカッとしてて」

「恵子ちゃん、今はどうしてるのかな。お節介焼きの和田なら知ってるか」

「よけいなこと言うな。でも知ってるぞ。何年か前に京都で開催された医学会総会で偶然会ったので、お前の医師ブログの存在だけは教えといた。彼女は外科医になってたぞ。まだ府立医大にいた。その後どうしてるかしらんけど」

「実は受験前に松本恵子に振られてたんだろ」

若槻もからかいに加わった。

「振られたというわけじゃないけど。もう勘弁してくれよ」

「さては、道代さんの大人の魅力にまいったんだな。あの有名な澤田道代さんのことを今まで俺にも黙ってたのか。水くさいなぁ」

確かに澤田は和田にも伝えていなかった。

「ごめん、悪かった。実は大学に入った年に、連絡先をもらったことがあったけど」

「それからずっとつきあってたのか」

片山がまた大きな驚きの声をあげた。

「いや、国家試験に合格した直後に彼女がテレビに出演してたのを偶然観たんだ。それまでお互いに一度も連絡したこともなくって。前にいただいてた連絡先を引っ越した時になくしたみたいで。彼女も僕のほうからまったく連絡しないので縁がないものと思い込んだみたいで」

甘酸っぱい昔話を思いだしつつ、澤田は照れながら白状した。

「テレビ局にきいたり、卒業大学にきいたりしてようやく彼女の連絡先を探せたんだ。その時も彼女はずっと大学に在籍して研究活動してて。まだ幸い独身だったんだ」

六人の驚いた顔は、いつのまにか笑顔に変わっていた。

「彼女は日本の古典を英語やフランス語で海外に紹介する活動に興味があったみたいで、独身のほうが活躍しやすかったのかもしれない。だけど、働きだして二年後に思い切ってプロポーズしてみたんだ」

「なんて言ったんだ」

数人が同時にたずねた。

「数年以内に海外留学するから、僕と結婚して一緒に行ってくださいって」

「そんなに早く留学が決まってたのか、お前」

同じ循環器内科の若槻が驚いた。

「いや、もちろんハッタリだけど。昨夜話したように熱意だけはあった」

「で、どうなった」

また数人が同時にたずねた。

「もし留学できなくても結婚してくれるって言われた。もちろん、必死にがんばって三年後にアメリカに留学したけどね」

澤田の思いがけぬ告白に、東山南寮のミニ同窓会は朝から一段とにぎやかになった。

「ねぇ、これから皆で一緒に寮の解体現場を見に行かないか」

澤田の提案に反対する者はもちろんひとりもいなかった。

「誰か武者小路社長が今どうしてるのか知ってるか」

この澤田の問いに、大阪の末広が答える。

「僕も気になって、いろいろくわしい京都の教員仲間がいるので調べてもらったんです。どうやら十年ほど前にお父さまを亡くされ、その数年後に京洛テーラーを閉店され、土地と建物を売却されたみたいですね。ご夫婦の長年の夢が世界中を旅行することだったみたいで、今ごろは佐知子夫人と二人で楽しく旅行されながら人生をいろいろ楽しんでおられるんじゃないでしょうか」

「今なら七十五歳くらいかな。イイね、そんな夫婦になれたら」

誰かがポツリとつぶやいた。


「かなり数が少ないよね。昔は方広寺前の広い歩道一面に扇の骨がたくさん干されていたけど」

玉川も昔のことを覚えていたようだ。

「確かに少ないねぇ。扇の職人さんが減ったのかなぁ。あの風景は京都っぽい風情があって好きだったなぁ」

加賀の言葉に、澤田が相槌を打つ。

「僕も。扇の日干しを眺めてると故郷の大根干しみたいで、のんびりとした気分になれてたなぁ、この辺りは」

七人は懐かしい松の湯を通りすぎて、渋谷通へと右に折れた。坂道の先に、灰色の防音防塵シートに覆われた大きなかたまりが見える。税務署の向こう隣だから間違いなく東山南寮だった建物だろう。シートの間に作業員出入口があり、そこから煉瓦の壁が少し残っているのが見える。日曜日の今日は大がかりな解体作業は休みの様子で、三人の作業員だけが簡単な片づけをしているようだ。すでに八割程度は解体され、あの独特な形の屋根はなく、二階や三階と思しき場所に当時の面影はまったくなかった。辺りには取り崩された煉瓦や瓦礫が乱雑に積まれていた。

「ちょっと遅かったみたいだなぁ」

澤田はもう少し早く情報に接していれば……と悔やんだが、今さらどうにかなる話ではなかった。

「中に入れてほしいと作業員に頼んでみたらどうだろう」

和田もこのまま帰りたくないと思っているようだった。

口達者な片山が作業員のほうに近づきながら話しかけた。

「お忙しい中をごめんなさい。ご苦労さまです」

若い作業員が手を止め、居並ぶ親父たちをいぶかしげに眺めている。作業員たちの親世代の七人だった。

片山が一歩前に進み出た。

「僕らは三十年前にこの建物で暮らしていました。当時は予備校の寮だったんです。取り壊されると報道で知って、全国各地から急いで集まったんです」

若い作業員はきょとんとしている。

「ぜひ一目見ようと思って、この懐かしい煉瓦の城を」

「煉瓦の城……ですか、これが。城どころか廃墟みたいでしたよ」

「それでも僕らには若き日の大切な思い出の城なんです。ちょっとだけでいいから、中に入れてもらえないかな。決してみなさんの作業のじゃまはしないから」

作業員たちは互いに顔を見合わせていたが、特に不審者という感じでもなかったのでうなずいてくれた。

「少しの時間ならいいですよ。危なくないように注意してくださいね。事故が起こると我々が困りますから」

澤田たちは互いに笑顔で顔を見合った。作業員たちに口々に礼を言っている。片山もうれしそうに振り向いた。

「おい、よかったな。作業のじゃましたりしたらダメだぞ」

防音防塵シートの中に入ると、やはり東山南寮としての姿はすでになかった。北隣の女子寮はまだ空き家状態で完全な姿が残っていたが、続けて解体が決まっているようだ。

数名ずつに別れて煉瓦が積み上げられた間を用心しながら歩き回って、思い思いに写真を撮った。

澤田は寮長室のあった付近を眺めている片山のそばを歩いていた。寮の建物の一番北の辺りだ。

「おい、澤田。お前にもアレが見えるか」

片山が指差しながら小さな声で澤田に問いかける。彼の眼は一点を見つめたままだ。澤田は片山の視線の先を見つめた。特に何かがあるとも思えない。そこには崩された煉瓦が腰の高さまで積まれてるだけに思えた。

「そうか。てっきりお前には見えるかなぁと思ったんだが」

「俺には煉瓦のかたまりしか見えないけどな」

片山はずっと一点を見つめたまま少し前に進みだした。澤田もそばを歩く。全部同じに見えた煉瓦が、深い秋の紅葉のようなモザイクの色彩を呈している。

「煉瓦も味があっていいよな。全部が同じ色じゃないし、古くなれば古いほど渋くなって。いわゆる煉瓦色って言っても、焦げた色、明るめの朱色、深紅、金粉塗したような模様があるのも。えっ、まさか」

「澤田、ようやく見えたのか」

今度は澤田が金粉を塗したような煉瓦を凝視していた。

「片山。もしかして、アレは……」

「俺はたぶんそうだと思う。確かこの辺だったから」

「あの時は光が射さない暗い場所だったから懐中電灯で照らして文字が浮き上がってきてたけど、太陽に照らされたらこんな感じで見えるんだよ、きっと」

澤田と片山の様子に気がついて、他の五人が近づいてきた。

「何かお宝でもあるのか」

和田が問いかける。すぐそこで淡く金文字が輝いているが、和田は何も気がつかないようだ。やはり見えていないのだろうか。

「えっ、まさか。ホントか」

若槻と、加賀が続けざまに驚いた声をあげる。

「僕には何も見えないけどね。何かがあるの。どの辺りなの」

末広にも何も見えていない。彼は玉川を振り返ってたずねた。

「よく見えるよ。残ってたんだね。幻じゃなかったんだね」

玉川は笑みを浮かべながら淡く輝く煉瓦のほう見つめていた。

「末広君。この煉瓦が僕のその後の人生をよいほうに変えてくれたんだ。あの事件を起こした翌日の満月の夜だった」

末広と和田は仲間外れにされたようでけげんな顔をしている。からかわれているとでも思っているのだろう。

「何が見えるのか早く教えてくれよ。まさか俺たちをからかって冗談言ってるんじゃないよな。宝物とか幽霊とか言うなよ」

「お前ら二人には見えないんだな。カマキリに秘密の壁の前で説教されてないんだろう。ということは、物理的に光に照らされ輝いて見えてるんじゃないんだな。何か通じ合うものがあるから見える人だけに見えるんだろうな。澤田もそう思わないか」

二年間寮長も経験した片山がつぶやいた。

「我々五人は、カマキリに呼ばれたんだよね。あの日から確かに変わったもんな。ずっと身近に何かを感じている。励ましてくれるような、背中を押してくれるような。加賀さんはどうでした」

「そうだね。僕は九月だった。その前に澤田君が金沢に迎えに来てくれただろ。それが変わることができた一番の理由だと今まで思ってた。君は僕を救いあげてくれたからね。だけど、この煉瓦が輝くのを見たらやっぱり何かの縁を感じる。吉兵衛さんの魂みたいなのかな」

玉川も静かにつぶやく。

「この中で僕が一番変わったでしょ。あの時、実家に戻って進路を大きく変えたんだけど、不思議と怖くなかったんだよね。誰かが見守ってくれている感じ。友だちも減ったけど、何かに励まされているような。もしかしたら、あの日に見た煉瓦の輝きと関係があるのかなぁと思っていたけど、やっぱり吉兵衛さんだったのかな」

玉川の言葉には感謝の色合いがあった。

「どうかされましたか」

遠目で見守っていた作業員のひとりが近寄ってきた。

澤田は淡く輝く煉瓦の一つを作業員に指差した。

「僕らにとっては記念品だから、煉瓦を少しいただきたいのですが」

「どうせ全部捨てますから、ほしいだけどうぞ。あっちにはきれいな状態のもありますけど、そんな壊れた煉瓦でいいんですか」

やはり、作業員には煉瓦の輝きはまったく見えないようだった。

「ありがとう。僕らはこっちの煉瓦がいいから。少しいただきます」

若い作業員はあきれたような顔をしながら仲間のほうへ歩いていく。

「選んで持ち帰ろうかな。好きなのを取れよ」

片山の言葉に、和田と末広以外の元寮生たちは眼を輝かせた。

「よし、最初に俺からだ」

そう言って片山が選んだのは、「志」と書かれた煉瓦だった。

「さすが、京都大学宇宙物理学の教授さま」

そう茶化した若槻が選んだのは、「勇」と書かれた煉瓦だ。

「なるほどな、君は七月に実家に帰省するまで相当ヤバかったもんな。腑抜けみたいで、僕と同じ三浪コースかと思ってたよ。それが今では徳島大の内科助教授。吉兵衛さまのおかげだろうねぇ」

「そういう加賀さんは何を選んだんですか」

加賀は、「挑」と書かれた煉瓦を澤田に見せた。

「澤田君がわざわざ金沢から戻ろうとしない僕を実家まで迎えにきてくれたでしょ。あの時に浪人生になって初めて感じたんだ。弱気にならず、挑戦する心の大切さを。一番年上の僕が君たちに教えてもらい助けてもらった」

玉川が探し出した煉瓦には「進」という文字が淡く輝いていた。

「あっ、俺も少し見えるような気がする」

「うん、僕にも何だか淡い輝きが見える気がしてきた」

仲間外れにされた気分だった和田と末広がうれしそうにつぶやいた。

「そうなのか。だよな。見えないようじゃ逆にあやしいもんな。よかった、これで妄想だと思わなくていいから。実は自分が寮長になった後も妄想の世界で暮らしてるんじゃないかと少し心配だった」

寮長になって後輩たちを秘密の部屋に誘ったはずの片山が心配するくらいだから、たった一度しか見ていない若槻や加賀らが同じように自分の感覚をあやしんでいたのも無理はない。今日、ようやくその心配ともお別れだ。

「玉川が『進』という言葉に出会ったのも吉兵衛さんの導きだな。きっぱり気持ちを切り替えて芸術の道に進んで成功したんだからな」

和田の言葉に玉川が答える。

「ある意味、寮長に案内されて不思議な体験をして幸運だったと思う。成功という言葉は違うと思うけど、自分が好きなことを洛中芸大で自由にやれて。東山南寮にはみんなの半分しか暮らせなかったけど、すばらしい寮生活だったよ」

「大好きな京都の街で、自由に芸術作品をつくり続けてこれて、うらやましいなぁ。あ〜、僕も吉兵衛さんに導いてほしかったなぁ」

公立高校で教鞭をとり続けてきた末広が玉川に語りかける。

澤田は積み上がった煉瓦を動かし、まだ何かを探し続けていた。

「何を探してるんだ、澤田」

片山が問いかけてまもなく、澤田が板のような何かを手に取った。

「あったよ。覚えてるか、四つの文字の中心にあった陶板だよ」

「あれかぁ、へ〜、当たり前だけど、残っていたんだね。何と書かれてたかまったく覚えてないけど」

「残念ながら割れているけど、ちゃんと全部有りそうだよ。この辺、何とか読めそうだな。後半部分みたいだけど」

澤田は慎重に陶板のかけらを寄せ合わせて、後半の文章の一部を仲間に聞こえるように読みだした。


【四十歳とな*今、こ*に次なる夢と未来へ*誓いを残す】

【都より東*を超え、我*抑え難き好奇心*海外を目指す】

【願わく*未来人の先達と*り、夜を照*す満月と成らん】

【我が*は尽きるとも、我が*いが若*を導かん事を願う】


「あの～、そろそろ我々も今日の仕事は終えて門を閉めますので、この辺でいいですか」

「ごめんなさい。すぐに出ますから」

片山が近づいてきた作業員にあやまった。

「また後でちゃんとかけらを合わせて全部を読んでみよう。さぁ、行こうか。今日で建物とはお別れだけど、もういいか」

澤田がそう言うと、七人は名残惜しく解体現場を後にした。次に京都の街に戻ってくる時には、東山南寮だった築百九年の建物は影も形もなくなっているはずだ。跡地には今風の鉄筋コンクリートの老人介護施設が建つのだろう。それが時代の流れというものだ。

夏の太陽が南の空に高く昇っていた。ジリジリと焼けるような日差しに、皆の額には汗が浮き出ている。

「久しぶりに一緒に銭湯にでも行こうか」

銭湯隊長だった片山が提案した。

「サッパリしたいから行きたいけど、片山と一緒に行くとつかまるかもしれないからなぁ。あのころは浪人生でもあり、あまり社会も厳しくなかったけど、今どき女湯ののぞきをやったら警察を呼ばれて新聞に出るよ。澤田や加賀は院長先生だし、片山も玉川も大学教授だから、つかまったら人生が終わるよ」

根っから真面目な教師の末広が学生にさとすように言う。

「そうだぞ。もう若くないからな。それに、この時間はまだ銭湯は営業してないし」

銭湯部隊メンバーだった若槻が言う。

「そうだな。でも何年後かわからんが、次回の同窓会は必ず銭湯めぐりをしような。銭湯こそが京都の誇りだ」

「相変わらず片山は銭湯人間だなぁ。でも、そのころには京都から銭湯も姿を消してるかもな。風呂もない寮なんて今じゃ考えられないだろう。それが時代の流れだ」

澤田のその言葉に、腹を空かした和田が答える。

「じゃあ今から昼ごはんを食べに行こう。ときわ食堂に行こうよ」

「ときわ食堂かぁ。いいな、そうしよう」

「だけど、若槻。ときわ食堂の夫婦も今じゃ八十代だろ」

「昨日、馬町バス停で降りた時に見たけど、今でも営業してたよ」

「そうなのか、末広君。代替わりしてるかもね。もし老夫婦がやってるなら、それはそれで懐かしいけど」

澤田は三十年前に食べた定食やにしんそばの味が懐かしかった。

「さぁ、行こうか。せまいから全員座れるか不安だけど。ときわ食堂で、さっき見つけた陶板のかけらを寄せ合わせて文章を最初から全部読んでみようか」

七人の東山南寮生たちは三十年前の思い出を胸に、腹を空かせて馬町交差点に向けてゆるい坂道を上っていく。

渋谷通の両側に連なる町家の軒先には、祇園祭の案内とともに、「第二十九回宵々山コンサート」のポスターが貼られていた。永六輔や高石友也らを中心に一九七三年より続いてきた宵々山コンサートも、二〇〇九年の今年が「中締め」だと言う。中心メンバーの年齢を考えると、おそらく最後の回になるのだろう。

音楽にも流行や旬があり、これも時代の流れなのだろう。こうして静かにうつろいながら、京都の街は千年以上も人々の心を惹きつけてきたに違いない。ひと時をすごした若者たち、生れ育った住民たち、全国各地からの旅人たち。各々が自分の大切な京都を胸にこれからも生きていくはずだ。

浪人仲間たちと東山馬町をそぞろ歩きながら、あの遠い昭和五十三年にこの京都の街で暮らした日々の思い出が、澤田たちの胸に次々と浮かんでくる。

最終章　彼岸の人

令和六年　秋彼岸

あの悲しく忘れられない日から、三年あまりの時がすぎていた。

いくつかの大学で長らく務めてきた客員教授の職を数年前に定年退職していた澤田道代は、去年の春から思い出の地でもある京都でまた暮らすようになっていた。研究の第一線やテレビ番組からは身を引いたものの、若者向けの講演活動や雑誌の取材などへの対応は、その後も可能な限り続けている。

令和二年一月に始まった新型コロナのパンデミックを機に、海外での日本文化を紹介する活動は止めていたが、再び海外との往来が増えた昨年の春からは、京都や奈良や金沢などを訪れる訪日外国人に英語やフランス語で旅行案内のような仕事も楽しみながら行っていた。ただ彼女の心にぽっかりと空いた大きな隙間は、思いだされることが多すぎて、まだまだ容易に埋まりそうもなかった。

四十年以上前に京都の大学で古典文学を学んでいたころ、彼女は東山七条の国立京都博物館近くに下宿していたが、今は京都御所の東にある梨木神社近くのマンションで暮らしている。

朝な夕なに京都御苑内をゆっくりひとりで散策するのが好きで、眺めているだけで心休まる鴨川に近いことも気に入っていた。今出川通にかかる加茂大橋から鴨川デルタでたわむれる若者たちや川縁に並んで座る若い恋人たちを眺めていると、はるか遠い日のたのしかった思い出がよみがえってくる。今はもう一緒に年を重ねる人がそばにいないとはいえ、思い切って京都に戻ってきてよかったと道代は感じていた。

彼女がそのマンションの最上階を選んだもう一つの理由は、東向きの窓から正面に「大文字」がくっきりとよく見えるからだった。大の字の真下には、年下の夫が永遠の地に選んだ寺があり、朝日や月が昇る東山の稜線や、刻々と色彩や濃淡がうつろいゆく山肌に見惚れながらも、彼女の思いは常にその麓の森にこそ注がれていた。

道代は少なくとも週に一度は大文字の麓の東山鹿ケ谷にある寺に足を運び、天気がよければひとりで一時間ほど静かにたたずむことを楽しみにしている。山裾に広がる境内は四季折々に様々な生き物の命を育みながら、数十年数百年と、ヒトの寿命をはるかに超える長い歳月を静かに重ねている。

その寺を、京都に道代が戻ってほどなく訪れた時だった。

女学生数人に囲まれていたシルバーヘアの女性が、墓に眠る文豪の話をしていた。頭上には、美しい紅枝垂れ桜が咲いていた。

明るい声と表情に心癒されながら、興味深く近くで耳をかたむけていると、道代と同じ教育者らしい彼女が屈託のない笑顔で声をかけてきた。

「失礼ですが、澤田道代さんですよね」

芦屋の大学で谷崎文学を研究しているという上品な女性は都志と名乗った。道代を見知っている様子だった。

「ここは落ち着きますよね」

道代が返事にとまどって軽く会釈をすると、女性は話し続けた。

「最初にこの寺を訪れたのは大学に入学した昭和五十三年でした。今と同じ桜の季節で、哲学の道で偶然出会った男性と一緒でした」

都志は遠い昔のことを昨日のことのように初対面の道代に話した。

「彼はとてもシャイな浪人生で、名前も聞かずに別れました。その後も彼のことが気になって日曜日に時々来てみたんですが、残念ながら二度と会えませんでした」

　もう顔も忘れてしまった予備校生と偶然一緒に来たことが谷崎研究にはまりこんだ理由だと、彼女は同じ文学研究を生業とする道代に懐かしそうに語った。どこか親近感を覚えたのだろう。

　都志の話を聞きながら、道代も女坂での澤田との偶然の出会いを思い返していた。人生はいろんな偶然や出会いで彩られているものだと思う年齢に、いつのまにか二人の女性はなっていた。

　道代はこの寺を十年ほど前に初めて夫のケンジと訪れて以来、何度か二人で一緒に足を運ぶことがあったが、いつも夫が「死んだら自分はここに眠りたい」と笑いながら口癖のように言っていたのが忘れられない。

　若き日に触れた『細雪』や『春琴抄』や『痴人の愛』だけでなく、五十歳を超えてから谷崎潤一郎の『瘋癲老人日記』を読んだ澤田が、ぜひにとこの寺を選びたくなった理由は、『源氏物語』を通して谷崎文学にも馴染み深かった道代には容易に理解しうることだった。

　五歳上の自分のほうが先に旅立つだろうと道代は思っていたので、「では、私が死んだらご住職に墓所をお願いしてくださいね。ぜひあの紅枝垂れ桜が見えるところにですよ……」と、他愛なく夫と会話したことがあった。

　令和三年の早春、患者に向き合う日々の仕事をたのしみ、元気と好奇心に満ち溢れていた彼が、まさか自分より先に突然死んでしまうとは、道代は夢にも想像していなかった。

多忙な開業医の平均寿命が比較的短いことは以前からよく知られていることでもあった。が、数年続いたコロナ禍の当初のころは、強毒性のウイルスに医師や看護師が患者治療の際に自らも感染して次々に命を落としていたことはあまり知られていない。報道されることは少なかったが、ｍＲＮＡワクチン供与開始前に生じていた知られざる医療現場の悲劇だった。

秋の彼岸の朝、まだ暑さが残る寺の境内にある墓地を、道代は夫が好きだった桔梗の花と大切に保管していた一枚の古い陶板を手にひとり訪れていた。東山の森林と連なる高い杉木立からは、小鳥のさえずりが聞こえてくる。

苔むしたふぞろいの石段を足元に気をつけながら道代が進んでいくと、澤田ケンジが眠る墓所に、端正な顔立ちをしたひとりの女性がたたずんでいた。谷崎の墓所の紅枝垂れ桜の樹がよく見える場所だった。

その女性は道代よりも少し若く、茶系にかすかに染めたのショートヘアで、上品な夏物の黒いパンツスーツに身を包んでいた。スラリとしたさわやかな雰囲気で、おそらく道代が一度も会ったことのない女性だった。

ゆっくりと道代が近づくと、気がついたその女性は静かに深く会釈をして、落ち着いた声で道代に挨拶をした。

「はじめまして。澤田ケンジ君の奥さまですね」

警戒すべき相手にはとても見えなかった。道代は優しい眼差しでそばに立つ女性を見つめた。

「そうですが。あなたさまは……」

女性はもう一度軽く会釈をして、やわらかくほほ笑む道代の眼を見ながら静かに自身の名前を告げた。

「松本恵子と言います。ケンジ君、いえ澤田先生とは、予備校の時に同じクラスでした」

「松本恵子さん。お名前に聞き覚えがある気もいたします。澤田は予備校の時の話をよくしていましたから。特に東山南寮が彼の心の故郷みたいな気持ちだったようで、京都駿台での一年間が自分にとってもっとも大切な一年だったと、私にもよく話してくれました」

「私も奥さまのことを、澤田先生のお友だちを通じて何度か聞いたことがあります。それに、テレビ番組や雑誌などでも……」

「あら、そうでしたの。松本さん。どうぞ澤田先生じゃなくて、ケンジ君って呼んでください」

道代はそう言って、かたわらにある澤田の墓標を見つめた。墓所のしつらえは、道代が澤田の好みを想像して去年の春に完成していた。もう幾種類かの苔が、墓所に美しい緑の絨毯を敷いていた。

「いつもすてきなお墓だと感心していました。ケンジ君の気持ちが表れているような」

数日前に訪れた際に、石の表面を道代は丹念に磨いていた。そこには澤田が好きだった故郷の北原白秋の短い詩の一節が彫られていた。

「時々お参りにいらしてくださってたのかしら」

持参した桔梗の花を供えながら、道代は恵子に静かにたずねた。

「えぇ、ここには松本の代々の墓がありますので」

恵子は少し先の墓を指した。年代を感じさせる墓石だった。

「実は、一昨年に外科医だった父が老人施設で生じたクラスターの対応中にコロナに感染して亡くなりましたので、以前よりも墓参りの機会が増えてしまいました。ケンジ君のことは予備校仲間の和田キヨト君に聞いていましたから、ここに来た際には断りもなく寄らせていただいておりました。ごめんなさい」

「いいえ、本当にありがとうございます。和田さんって、東山南寮のお仲間でしたよね」

「そうです。私は女だし自宅生でしたが、東山南寮のみなさんは兄弟みたいに仲良しで、見ていて本当にうらやましかったです」

恵子は昔を思いだしたのか、にこやかな笑顔に変わっていた。

「お父さま、残念でしたね。恵子さんも外科医なのかしら」

「えっ、わかりますか」

「えぇ、凛とされてますから。でも、女性の外科医はいろいろと大変でしたでしょ」

「そうかもしれません。おかげで今も松本姓のままで、私も両親と同じ墓で眠るつもりです。ケンジ君と一緒の寺でよかったです」

「あらそう。では、私ともご一緒ね」

初めて出会った二人の女性は、澤田ケンジの墓の前でにこやかに笑い合った。

「ケンジ君の最期はどんなだったのですか」

笑顔を消して、恵子が道代にたずねた。

恵子には何も隠す必要はないと、道代はすでに理解していた。

「恵子さんは彼の性格をよくごぞんじなのよね」

少しだけためらうしぐさを道代は見せたものの、遠くなりつつある日々のことを思いだしながら、初めて顔を合わせた恵子に話し始めた。

「いつものように彼はがんばりすぎて、患者さんより自分が先に死んでしまったんです。私をひとり残して……」

道代は小さくため息をついて、また話を続けた。

「経営していた介護施設が大規模クラスターになってしまって、すごく大変な状況でした。第三波のピークのころで、有効な治療法もまだ乏しくて。ウイルスは毒性がすごく強かった時期でした。それに、まだワクチンもできてなくて……」

「あの時期はすごく怖かったですよね。風評被害もすごくて、日本中がパニックになっていた時でしたね」

「そうでしたよね。他からの応援もまったく期待できず、入居者も職員も次々に重症肺炎になり、短期間に何人もが亡くなってしまいました。私も応援したかったけど何の役にも立てず、家族を犠牲にしてまでがんばってくれていた職員たちと孤軍奮闘してるうちに、とうとう彼も感染してしまったんですよ。お知り合いの病院で必死に治療していただいたけど改善せず、さらに他の大きな病院で懸命に救命治療をしていただいたのだけど、みるみる悪化してとうとう助からなかったの……」

恵子は道代の言葉をひと言も聞き逃すまいと耳をすましている。

「信頼する後輩に後は全部頼んでいるからと彼は涙ながらに言いました。ＩＣＵのベッドで死期を悟った彼から呼吸器につながれる直前に手紙を渡されましたが、もう涙で何も読めませんでした。私たちには子どもができなかったから、私のことを心配してくれたんですね」

　今の道代は静かな気持ちで当時を振り返ることができていた。

「まるで悪夢を見ているようでした。にわかには信じられなくて。彼が亡くなり、後輩の方に診療所や介護施設の継承をお願いして、福岡の澤田家のことも三回忌まできちんとしまってから、私はひとりで京都に来ました」

「ケンジ君は患者さんのために最後まで逃げずに闘っていたんですね。本当に彼らしいですね」

「えぇ、私はそう信じてます。彼は年を重ねるごとに医師の仕事がだんだんと好きになっていったようなの」

「医師の仕事って確かにそういうことがありますよね。たとえ大学受験のころの志望動機が少しくらい不純なものでも、本人に人間的な資質が備わってさえいれば、眼の前の患者と向き合ううちに次第に本物の臨床医になっていくというのかなぁ」

「基礎医学関係で米国に留学した後、しばらくして澤田は希望して故郷で開業医になったのだけど、もともと彼は人間そのものが好きなの。つらい人を決して見捨てられない性格。根はすごく優しくて明るい人なのね」

「ケンジ君は予備校のころからそうだったと思います。でなければ、わざわざ予備校を休んで金沢まで悩んでいる寮生の仲間を迎えに行ったりなんかしませんから。それに……」

「それに、何なの、恵子さん」

恵子は遠い日を思いだしながら、ゆっくりと言葉にした。

「それに、きっと……、彼は恋多き人でした」

道代は少しも驚かなかった。

「恵子さんも彼のことをそう感じていたのね。医学部受験の理由も女性のことだったらしいし。でも、決して浮気ができるような人ではなかったわ。恵子さんは彼とおつきあいされていたの」

「いえ、そうではなくて……」

恵子にも、道代に隠すべき話などないことは理解できていた。

「私はケンジ君に好意を抱いていて、受験の時に同じ大学に誘ったのですが、彼にはすごく行きたい新設の医大が見つかったからって、あっさりと振られてしまいました。彼なりの理想の医師像が思い浮かんでいたんでしょうね」

墓標にゆっくりと眼を移した恵子が言葉を続けた。

「それに……、彼には他に大好きな年上の女性がいたらしくて。おかげで私は受験勉強に専念でき、念願の外科医になれましたけど。でも誤解しないでください。それが独身の理由じゃないですから」

恵子が顔を赤らめたのを、道代は見逃さなかった。

「もしも恵子さんが私と入れ替わっていたら、どんな人生が私たちに訪れていたのかしらねぇ」

そこには緊張の色はなく、自然な気色に満ちていた。

「やはり奥さまだったのですね、彼が大好きだった女性というのは」

「そうかもしれないわね。私は年下のケンジさんと結婚すると、当時は一度も思ったことはなかったのだけれど」

「大学に進んでからは、彼には一度も会ったことはなくて……。でも、彼がしばらく匿名で医師ブログにいろんな話題を書いていた時には、全部の記事を欠かさず楽しみに読んでいました。そのブログのことを教えてくれた東山南寮のお友だちも同じだったと思います。奥さまには申しわけないのですが、また彼のことを私は好きになっていたようです」

「そうだったのね。いいわよ、気にしないで。彼は子どもっぽいところもあったけど、とても純粋ですてきな人でしたよ」

「ケンジ君、ずっと変わらなかったんですねぇ」

「そうねぇ。おかげさまで、私の人生もたのしかったわ。彼にはすごく感謝しています」

恵子は道代が手にしているものが先ほどから気になっていた。

「その手にされているものは、何か記念の品ですか。とても古いものみたいですけど」

「これは、彼が一番大切にしていた京都の思い出の品なのよ」

そう言って、道代は恵子に陶板をそっと手渡した。

割れてしまっていた陶板のかけらを、職人に頼んで金継しててていねいに修復してもらったものだった。いくつかの文字は継いだ金で隠れて読みづらかったが、文の最後には「明治三十六年、望月吉兵衛」と書かれてあり、すごく古くて貴重な陶板であることは、初めて手にした恵子にも容易に見てとれた。

「それは東山南寮が十五年前に解体された時に、澤田たちが同窓会を開いて、そこの瓦礫の中で見つけたものなのよ。百二十年前に望月吉兵衛という人が、後に寮となる建物に自分の決意を記したものをひそかに忍ばせていたらしいの。そのまま誰かの眼に触れることなく失われても不思議じゃなかったものかもしれないわ」

「東山南寮ですごしたみなさんにとっても大切な宝物ですね。いったい何が記されているのですか」

「幼いころから独学で創意工夫して財を成した吉兵衛さんは、人生に悩む若者たちを何とか導いてあげたいと願ったらしいの。夜空に輝く満月のように若者たちの行先を照らしてあげてね」

　幾度となく澤田にきかされたのであろう、いつのまにか道代はそれをそらんじることができるようになった。

「自分自身も病気で苦しんだ時期もあったみたいなのよ。吉兵衛さんの影響なのかどうかはわからないけど、澤田もいつも似たようなことを言っていたわ。何か若い人たちに自分ができることをしてあげたいって。自分には子どもはいなかったけど、ずっとそんな考えを温めていたようなの。きっと、これからだったと思うのよ。彼はもっと長生きしたかったんでしょうけどねぇ」

　道代は少し気の毒そうな表情を見せていた。

「すてきなお話ですねぇ。ケンジ君らしいですね」

「だから、ここに来る時は、彼が大切にしていたその陶板をできるだけ持参するのよ。私たちには子どもはいないけど、大切な子どもたちを彼の元に連れてくるみたいな感じかしらね。きっと喜んでくれると思うから」

恵子は澤田の優しさを、また少し理解できたように思った。

澤田が大切にしていたという陶板を道代の手に戻し、少しためらいながらも、素直に自分の気持ちを伝えた。

「私は府内のある公立病院で数年前から院長をしています。若い医師たちに接する機会も多いですし、子どもや中高生のみなさんに講演などでお話をする機会にも幸い恵まれています。そんな時にいつも思うんです。医師として、人として大切なことは何だろうかと。私にできることは何かあるのだろうかと」

「そうなのですね。女性の病院長って、まだまだめずらしいんでしょ。きっと努力されたんでしょうねぇ。あまり気負わずに、これまで恵子さんが歩んで来られた人生で感じられたことなどを、素直に自分の言葉で伝えるだけでいいんじゃないかしら」

「確かに今はまだ女性が重要なポジションを任されることは残念ながら少ないのですが、多くの女性たちがこれからいろんな場で大活躍するのは間違いないと私は思います。あの予備校のころとは時代も大きく変わりましたし、女性が活躍しにくかっただろう吉兵衛さんの時代とはまったく違う世界になっていますよね。去年の初めに宇宙飛行士に選ばれた若い女性の外科医なんて、私だって驚くほどですし、明治時代の吉兵衛さんに教えてあげたいくらいですね」

恥ずかしそうでありながらも力強く語る恵子の言葉は、もちろん澤田ケンジにも向けられたものだった。

「今でもよくわからず悩むことばかりの私ですが、ケンジ君の最期のお話をうかがえて本当によかったです。未来を担う人々に何かできることはないかというケンジ君や吉兵衛さんの気持ちを私自身もぜひ見習いたいと思います。そして科学や医療に興味を抱いてもらえるよう、若い人たちにケンジ君のような医師の姿をあわせて伝えていければと思います」

「恵子さんのその思いを聞けて、きっと彼も喜んでいると思いますよ。彼が果たせなかった夢も、一緒にぜひ恵子さんがかなえてあげてください」

少しだけ間を置いて、道代が続ける。明るい声だった。

「それに、私とはまるで違うタイプみたいですが、彼が恵子さんを好きだったわけもとてもよくわかりました」

はにかむような笑顔の恵子に、道代は優しい自然な笑顔を返した。

「もう一度、大人になったケンジ君と会ってみたかったなぁ」

「とてもいい予備校時代だったんでしょうね」

新しい心の友を得た思いで、二人の女性はうれしそうだった。

「恵子さん、時々ここに眠る彼に会いにきてあげてね」

二人の女性が見つめる墓標には、白秋の歌の他にもう一つ、澤田ケンジが生前大好きだったすばらしい世界を歌うルイ・アームストロングの歌詞が刻まれていた。

【 あとがきに代えて 】

小説の舞台　今昔物語（1903年と昔日）

【阿弥陀ヶ峰の頂より清水寺を望む。この間が鳥辺野】

小説の舞台である東山南寮付近は京都で最も好きな場所だ。焼失した前身のタバコ工場が再建された1903年の京都は日露戦争前夜。終戦後に大きな都市改造計画が一気に進むが、すでに新興の機運は盛んだった。帝国博物館は1897年に開館。工場南面の渋谷通は東国への主要路だが、1903年に渋谷越に花山トンネルが開通し流通が改善。市電は七条大橋ができた1913年に七条線として鴨川を渡り、細い道が東大路通として拡張整備され東山線が開通した。また一帯は興味深い場所でもある。寮の北側は平安時代に平家一門の邸宅が並び、鎌倉時代には探題があった六波羅だ。馬町には重盛の小松殿があった。南側は後白河法皇の法住寺殿が七条を挟み北殿と南殿として栄華を誇った政治の中心地だ。先述の渋谷通と奈良への大和大路通の起点でもある。後に秀吉は北殿の地に京都大佛の方広寺を建て、没後は豊国神社の豊国廟（阿弥陀ヶ峰の頂）に祀られる。頂から北に清水寺の絶景を望むが、その間は源氏物語にも登場する平安時代からの葬地で現在も墓地が広がる。やはり清水寺の舞台からは鳥辺野葬地と阿弥陀ヶ峰を拝し鎮魂していると思われる。東の鳥辺野に対し、西の鴨川の六条河原は処刑地だ。一帯は様々な京都の重たい歴史を湛えるダイナミックな土地なのである。

小説の舞台　今昔物語（1978年と現代）

【東山七条電停付近を手前に続く女坂へ向かう女学生】

京都市電が全廃された1978年を小説は主に描いている。現在は外国人観光客が街中に溢れテーマパークの雰囲気だが、東山南寮周辺の姿も大きく変わった。煉瓦造の男子寮と女子寮はコンクリート造の介護施設に、銭湯は民泊施設に変わった。街並みは斑となり、残る町家も内部は別用途に変わって、職人の仕事場も激減した。京阪電車は地下鉄となり、地上に現われた広い川端通には車が競うように走る。東山通と七条を走った市電は廃止され、満員の観光客を乗せた市バスが渋滞に困り果てている。国立博物館は新館が立ち、由緒ある寺院や小松殿跡にラグジュアリーホテルが軒を並べる。もちろん変わらないものもある。東山の峰々と鴨川の流れ、清水寺と三十三間堂などの有名寺院に挟まれた一帯は、国立博物館本館や淑やかな京都女子大への女坂と阿弥陀ヶ峰の頂の豊国廟が今も変わらぬ佇まいだ。古き良き大学生の街で、浪人生もが潜む街だ。鴨川にかかる幾本の橋も水鳥も当時と変わるところはない。車の少ない正面橋を東に向かい鴨川を歩いて渡って方広寺前の広い大和大路に出て大きな鐘や石垣と対面するのが著者のお気に入りだが、やはり半世紀近い時の流れはあちこちに見え隠れする。が、それもまた“京都”であり、国内外の人々の心を惹きつける理由であろう。

■著者プロフィール

村澤武彦（むらさわ・たけひこ）

1959年、福岡県出身。循環器専門医、透析専門医、医学博士。佐賀医科大学卒。1991～94年ペンシルベニア大学留学、遺伝子治療の研究に従事。帰国後、大学病院、県立病院勤務を経て、現在開業医。著書に新型コロナに命がけで闘う医療・介護従事者と患者や家族たちを描く小説『クラスター　五輪の夏の墓標』（一粒書房刊）、ともに科学を生き、将来を夢見た人がノーベル生理学・医学賞を受賞した実話を描く小説『カリコ博士と町医者　アメリカ留学青春記～それぞれの旅立ち』（書肆侃侃房刊）がある。

夢の旅路　京都駿台東山南寮の物語

2024年3月25日　第1刷発行

著　者　村澤武彦
発行者　田島安江（水の家ブックス）
発行所　株式会社 書肆侃侃房（しょしかんかんぼう）
〒810-0041 福岡市中央区大名2-8-18-501
TEL 092-735-2802　FAX 092-735-2792
http://www.kankanbou.com
info@kankanbou.com

編　集　田島安江
編集協力　小田明美
装　幀　宮島亜紀
DTP　NOAH
印刷・製本　モリモト印刷株式会社

©Takehiko Murasawa 2024 Printed in Japan
ISBN978-4-86385-618-9 C0093

落丁・乱丁本は送料小社負担にてお取り替え致します。

本書の一部または全部の複写（コピー）・複製・転訳載および磁気などの記録媒体への入力などは、著作権法上での例外を除き、禁じます。